Drawn by A. B. Frost

"*Is anybody ever hear de beat er dat?*"

—"*Brother Rabbit's Laughing-Place*"

Sold By Uncle Remus

Joel Chandler Harris
to
Edward Brown

CONTENTS

THE main reason why Uncle Remus retired from business as a story-teller was because the little boy to whom he had told his tales grew to be a very big boy, and grew and grew till he couldn't grow any bigger. Meanwhile, his father and mother moved to Atlanta, and lived there for several years. Uncle Remus moved with them, but he soon grew tired of the dubious ways of city life, and one day he told his Miss Sally that if she didn't mind he was going back to the plantation where he could get a breath of fresh air.

He was overjoyed when the lady told him that they were all going back as soon as the son married. As this event was to occur in the course of a few weeks, Uncle Remus decided to wait for the rest of the family. The wedding came off, and then the father and mother returned to the plantation, and made their home there, much to the delight of the old negro.

In course of time, the man who had been the little boy for ever so long came to have a little boy of his own, and then it happened in the most natural way in the world that the little boy's little boy fell under the spell of Uncle Remus, who was still hale and hearty in spite of his age.

This latest little boy was frailer and quieter than his father had been; indeed, he was fragile, and had hardly any color in his face. But he was a beautiful child, too beautiful for a boy. He had large, dreamy eyes, and the quaintest little ways that ever were seen; and he was polite and thoughtful of others. He was very choice in the use of words, and talked as if he had picked his language out of a book. He was a source of perpetual wonder to Uncle Remus; indeed, he was the wonder of wonders, and the old negro had a way of watching him curiously. Sometimes, as the result of this investigation, which was continuous, Uncle Remus would shake his head and chuckle; at other times, he would shake his head and sigh.

This little boy was not like the other little boy. He was more like a girl in his refinement; all the boyishness had been taken out of him by that mysterious course of discipline that some mothers know how to apply. He seemed to belong to a different age — to a different time; just how or why, it would be impossible to say. Still, the fact was so plain that any one old enough and wise enough to compare the two little boys — one the father of the other — could not fail to see the difference; and it was a difference not wholly on the surface. Miss Sally, the grandmother, could see it, and Uncle Remus could see it; but for all the rest the tendencies and characteristics of this later little boy were a matter of course.

"Miss Sally," said Uncle Remus, a few days after the arrival of the little boy and his mother, "what dey gwineter do wid dat chile? What dey gwineter make out 'n 'im?"

"I'm sure I don't know," she replied. "A grandmother doesn't count for much these days unless there is illness. She is everything for a few hours, and then she is nothing." There was no bitterness in the lady's tone, but there was plenty of feeling — feeling that only a grandmother can appreciate and understand.

"I speck dat 's so," Uncle Remus remarked; "an' a ole nigger dat oughter been dead long ago, by good rights, don't count no time an' nowhar. But it 's a pity — a mighty pity."

"What is a pity?" the lady inquired, though she knew full well what was in the old negro's mind.

"I can't tell you, ma'am, an' 't would n't be my place ter tell you ef I could; but dar 'tis, an' you can't rub it out. I see it, but I can't say it; I knows it, but I can't show you how ter put yo' finger on it; yit it 's dar ef I 'm name Remus."

The grandmother sat silent so long, and gazed at the old negro so seriously, that he became restive. He placed the weight of his body first on one foot and then on the other, and finally struck blindly at some imaginary object with the end of his walking-cane.

"I hope you ain't mad wid me, Miss Sally," he said.

"With you?" she cried. "Why —— " She was sitting in an easy-chair on the back porch, where the warmth of the sun could reach her, but she rose suddenly and went into the house. She made a noise with her throat as she went, so that Uncle Remus thought she was laughing, and chuckled in response, though he felt little like chuckling. As a matter of fact, if his Miss Sally had remained on the porch one moment longer she would have burst into tears.

She went in the house, however, and was able to restrain herself. The little boy caught at the skirt of her dress, saying: "Grandmother, you have been sitting in the sun, and your face is red. Mother never allows me to sit in the sun for fear I will freckle. Father says a few freckles would help me, but mother says they would be shocking."

Uncle Remus received his dinner from the big house that day, and by that token he knew that his Miss Sally was very well pleased with him. The dinner was brought on a waiter by a strap-

ping black girl, with a saucy smile and ivory-
white teeth. She was a favorite with Uncle Re-
mus, because she was full of fun. "I dunner how
come de white folks treat you better dan dey
does de balance un us," she declared, as she sat
the waiter on the small pine table and removed
the snowy napkin with which it was covered.
"I know it ain't on 'count er yo' beauty, kaze yo'
ain't no purtier dan what I is," she went on,
tossing her head and showing her white teeth.

Uncle Remus looked all around on the floor,
pretending to be looking for some weapon that
would be immediately available. Finding none,
he turned with a terrible make-believe frown,
and pointed his forefinger at the girl, who was
now as far as the door, her white teeth gleaming
as she laughed.

"Mark my words," he said solemnly; "ef I
don't brain you befo' de week 's out it 'll be be-
kaze you done been gobbled up by de Unkollop-
sanall." The girl stopped laughing instantly, and
became serious. The threats of age have a mean-
ing that all the gaiety of youth cannot overcome.

The gray hair of Uncle Remus, his impersona-
tion of wrath, his forefinger held up in warning,
made his threat so uncanny that the girl shivered
in spite of the fact that she thought he was joking.
Let age shake a finger at you, and you feel that
there is something serious behind the gesture.

Now, Miss Sally had taken advantage of the
opportunity to send the grandchild with the girl;
she was anxious that he should make the ac-
quaintance of Uncle Remus, and have instilled
into his mind the quaint humor that she knew
would remain with him all his life, and become a
fragrant memory when he grew old. But the later
little boy was very shy, and when he saw the ter-
rible frown and the threatening gesture with
which Uncle Remus had greeted the girl, he
shrank back in a corner, seeing which the old
negro began to laugh. It was not a genuine laugh,
but it was so well done that it answered every
purpose.

"I don't see nothin' ter laugh at," remarked
the girl, and with that she flirted out.

Uncle Remus turned to the little boy. "Honey,

you look so much like Brer Rabbit dat I bleeze ter
laugh. 'Long at fust, I had a notion dat you
mought be Mr. Cricket. But youer too big fer
dat, an' den you ain't got no elbows in yo' legs.
An' den I know'd 'twuz Brer Rabbit I had in
min'. Yasser, dey ain't no two ways 'bout dat —
you look like Brer Rabbit when he tryin' fer ter
make up his min' whedder ter run er no."

Then, without waiting to see the effect of this
remark, Uncle Remus turned his attention to the
waiter and its contents. "Well, suh!" he ex-
claimed, with apparent surprise, "ef dar ain't a
slishe er tater custard! An' ef I ain't done gone
stone blin', dar's a dish er hom'ny wid ham gravy
on it! Yes, an' bless gracious, dar's a piece er ham!
Dey all look like ol' 'quaintances which dey been
gone a long time an' des come back; an' dey look
like deyer laughin' kaze dey er glad ter see me. I
wish you 'd come here, honey, an' see ef dey
ain't laughin'; you got better eyes dan what
I is."

The lure was entirely successful. The little boy
came forward timidly, and when he was within

reach, Uncle Remus placed him gently on his knee. The child glanced curiously at the dishes. He had heard so much of Uncle Remus from his father and his grandmother that he was inclined to believe everything the old man said. "Why, they are not laughing," he exclaimed. "How could they?"

"I speck my eyes is bad," replied Uncle Remus. "When anybody gits ter be a himbly an' hombly-hombly year ol' dey er liable fer ter see double."

The child was a very serious child, but he laughed in spite of himself. "Oh, pshaw!" he exclaimed.

"I'm mighty glad you said dat," remarked Uncle Remus, smacking his lips, "kaze ef you had n't 'a' said it, I'd 'a' been a bleeze ter say it myse'f."

"Say what?" inquired the little boy, who was unused to the quips of the old man.

"'Bout dat tater custard. It 's de funniest tater custard dat I ever laid eyes on, dey ain't no two ways 'bout dat."

"Grandmother wanted to give me some," said the little boy longingly, "but mother said it was n't good for me."

"Aha!" exclaimed Uncle Remus in a tone of triumph. "What I tell you? Miss Sally writ on here wid dese dishes dat she want you ter eat dat tater custard. Mo' dan dat she sont two pieces. Dar's one, an' dar de yuther." There was n't anything wrong about this counting, except that Uncle Remus pointed twice at the same piece.

The little boy was sitting on Uncle Remus's knee, and he turned suddenly and looked into the weather-beaten face that had harbored so many smiles. The child seemed to be searching for something in that venerable countenance, and he must have found it, for he allowed his head to fall against the old negro's shoulder and held it there. The movement was as familiar to Uncle Remus as the walls of his cabin, for among all the children that he had known well, not one had failed to lay his head where that of the little boy now rested.

"Miss Sally is de onliest somebody in de roun'

worl' dat know what you an' me like ter eat," re-
marked Uncle Remus, making a great pretense
of chewing. "I dunner how she fin' out, but fin'
out she did, an' we oughter be mighty much
beholden ter 'er. I done et my piece er tater
custard," he went on, "an' you kin eat yone
when you git good an' ready."

"I saw only one piece," remarked the child,
without raising his head, "and if you have eaten
that there is none left for me." Uncle Remus
closed his eyes, and allowed his head to fall back.
This was his favorite attitude when confronted
by something that he could not comprehend.
This was his predicament now, for there was
something in this child that was quite beyond
him. Small as the lad was he was old-fashioned;
he thought and spoke like a grown person; and
this the old negro knew was not according to na-
ture. The trouble with the boy was that he had
had no childhood; he had been subdued and
weakened by the abnormal training he had re-
ceived.

"Tooby sho you ain't seed um," Uncle Remus

declared, returning to the matter of the potato custard. "Ef yo' pa had 'a' been in yo' place he 'd 'a' seed um, kaze when he wuz long 'bout yo' age, he had mo' eyes in his stomach dan what he had his head. But de ol' nigger wuz a little too quick fer you. I seed de two pieces time de gal snatch de towel off, an' I 'low ter myse'f dat ef I did n't snatch one, I 'd not git none. Yasser! I wuz a little too quick fer you."

The child turned his head, and saw that the slice of potato custard was still on the plate. "I 'm so sorry that mother thinks it will hurt me," he said with a sigh.

"Well, whatsomever she say 'bout de yuther piece er custard, I boun' she ain't say dat dat piece 'ud hurt you, kaze she ain't never lay eyes on it. An' mo' dan dat," Uncle Remus went on with a very serious face: "Miss Sally writ wid de dishes dat one er de pieces er tater custard wuz fer you."

"I don't see any writing," the child declared, with a longing look at the potato custard.

"Miss Sally ain't aim fer you ter see it, kaze ef

you could see it, eve'ybody could see it. An' dat
ain't all de reason why you can't see it. You been
hemmed up dar in a big town, an' yo' eyes ain't
good. But dar's de writin' des ez plain ez pig-
tracks." Uncle Remus made believe to spell out
the writing, pointing at a separate dish every
time he pronounced a word. "Le' me see: she put
dis dish fust — 'One piece is fer de chil'.' "

The little boy reflected a moment. "There
are only five dishes," he said very gravely, "and
you pointed at one of them twice."

"Tooby sho I did," Uncle Remus replied, with
well affected solemnity. "Ain't dat de way you
does in books?"

The little lad was too young to be well-
grounded in books, but he had his ideas, never-
theless. "I don't see how it can be done," he
suggested. "A is always A."

"Ah-yi!" exclaimed Uncle Remus triumph-
antly. "It 's allers big A er little a. But I wa'n't
callin' out no letters; I wuz callin' out de words
what yo' granmammy writ wid de dishes." The
little boy still looked doubtful, and Uncle Remus

went on. "Now, spozin' yo' pa wuz ter come
'long an' say, 'Unk Remus, I wanter gi' you a
cuff.' An' den, spozin' I wuz ter 'low, 'Yasser, an'
thanky, too, but you better gi' me a pa'r un um
while you 'bout it.' An' spozin' he 'd be talkin'
'bout maulin' me, whiles I wuz talkin' 'bout dem
contraptions what you got on yo' shirt-sleeves,
an' you ain't got no mo' business wid um dan a
rooster is wid britches. Spozin' all dat wuz ter
happen, how you speck I 'd feel?"

Something in the argument, or the way Uncle
Remus held his head, appealed to the little boy's
sense of humor, and he laughed heartily for the
first time since Uncle Remus had known him. It
was real laughter, too, so real that the old negro
joined in with gusto, and the two laughed and
laughed until it seemed unreasonable to laugh
any more. To make matters worse, Uncle Remus
pretended to become very solemn all of a sudden,
and then just as suddenly went back to laughter
again. This was more than the little chap could
stand. He laughed until he writhed in the old
man's arms; in fact, till laughter became painful.

"Ef we go on dis away," Uncle Remus remarked, "you 'll never eat yo' tater custard in de worl'." With that, he seized a biscuit and pretended to place the whole of it in his mouth at once, closing his eyes with a smile of ecstasy on his face. "Don't, Uncle Remus! please don't!" cried the little boy who had laughed until he was sore.

At this the old man became serious again. "I hear um say," he remarked with some gravity, "dat ef you laugh too much you 'll sprain yo' goozle-um, er maybe git yo' th'oat-latch outer j'int. Dat de reason you see me lookin' so sollum-colly all de time. You watch me right close, an' you 'll see fer yo'se'f."

The little boy ceased laughing, and regarded Uncle Remus closely. The old negro's face was as solemn as the countenance of one of the early Puritans. "You were laughing just now," said the child; "you were laughing when I laughed."

The old man looked off into space as though he were considering a serious problem. Then he said with a sigh: "I speck I did, honey, but how

I gwineter he'p myse'f when I see you winkin' at dat tater custard? I mought not 'a' laughed des at dat, but when I see you bek'nin' at it wid yo' tongue, I wuz bleeze ter turn loose my hyuh-hyuh-hyuhs!"

This was the beginning of the little boy's acquaintance with Uncle Remus, of whom he had heard so much. Some of the results of that acquaintance are to be set forth in the pages that follow.

I

WHY MR. CRICKET HAS ELBOWS ON HIS LEGS

IT WAS not often that Uncle Remus had to search for the boys who had, in the course of a very long life, fallen under his influence. On the contrary, he had sometimes to plan to get rid of them when he had work of importance to do; but now, here he was in his old age searching all about for a little chap who was n't as big as a pound of soap after a hard day's washing, as the old man had said more than once.

The child had promised to go with Uncle Remus to fetch a wagon-load of corn that had been placed under shelter in a distant part of the plantation, and though the appointed hour had arrived, and the carriage-horses had been hitched to the wagon, he had failed to put in an appearance.

Uncle Remus had asked the nurse, a mulatto

woman from the city, where the child was, and the only reply she deigned to make was that he was all right. This nurse had been offended by Uncle Remus, who, on more than one occasion, had sent her about her business when he wanted the little boy to himself. She resented this and lost no opportunity to show her contempt.

All his other resources failing, Uncle Remus went to the big house and asked his Miss Sally. She, being the child's grandmother, was presumed to know his whereabouts; but Miss Sally was not in a very good humor. She sent word that she was very busy, and did n't want to be bothered; but before Uncle Remus could retire, after the message had been delivered, she relented. "What is it now?" she inquired, coming to the door.

"I wuz des huntin' fer de little chap," Uncle Remus replied, "an' I 'lowed maybe you 'd know whar he wuz at. We wuz gwine fer ter haul a load er corn, but he ain't showed up."

"Well, I made him some molasses candy — something I should n't have done — and he has been put in jail because he wiped his mouth on his coat-sleeve."

"In jail, ma'am?" Uncle Remus asked, astonishment written on his face.

"He might as well be in jail; he's in the parlor."

"Wid de winders all down? He'll stifle in dar."

The grandmother went into the house too indignant to inform Uncle Remus that she had sent the house-girl to open the windows under the pretense of dusting and cleaning. The old man was somewhat doubtful as to how he should proceed. He knew that in a case of this kind, Miss Sally could not help him. She had set herself to win over the young wife of her son, and she knew that she would cease to be the child's grandmother and become the mother-in-law the moment her views clashed with those of the lad's mother — and we all know from the newspapers what a terrible thing a mother-in-law is.

Knowing that he would have to act alone, Uncle Remus proceeded very cautiously. He went around into the front yard, and saw that all the parlor windows were up and the curtains looped back, something that had never happened before in his experience. To his mind the parlor was a dungeon, and a very dark one at that, and he chuckled when he saw the sunshine freely admitted, with no fear that it would injure the carpet. If one little bit of a boy could cause such a change in immemorial custom, what would two little boys be able to do? With these and similar homely thoughts in his mind, Uncle Remus cut short his chuckle and began to sing about little Crickety Cricket, who lives in the thicket.

Naturally, this song attracted the attention of the little lad, who had exhausted whatever interest there had been in an album, and was now beginning to realize that he was a prisoner. He stuck his head out of the window, and regarded the old man rather ruefully. "I could n't go with you after the corn, Uncle Remus; mother said I was too naughty."

"I ain't been atter no corn, honey; I hear tell er yo' gwines on, an' I felt too bad fer ter go atter de corn; but de waggin 's all ready an' a-waitin'.

Dey ain't no hurry 'bout dat corn. Ef you can't go ter-day, maybe you kin go ter-morrer, er ef not, den some yuther day. Dey ain't nobody hanker-in' atter corn but de ol' gray mule, an' he 'd han-ker an' whicker fer it ef you wuz ter feed 'im a waggin-load three times a day. How come you ter be so bad dat yo' ma hatter shet you up in dat dungeon? What you been doin'?"

"Mother said I was very naughty and made me come in here," the little lad replied.

"I bet you ef dey had 'a' put yo' pa in der, dey would n't 'a' been no pennaner lef', an' de kyarpit would 'a' looked like it been throo a harry-cane. Dey shet 'im up in a room once, an' dey wuz a clock in it, an' he tuck 'n tuck dat clock ter pieces fer ter see what make it run. 'Twan't no big clock, needer, but yo' pa got nuff wheels out er dat clock fer ter fill a peck medjur, an' when dey sont it ter town fer ter have it mended, de clock man say he know mighty well dat all dem wheels ain't come outer dat clock. He mended it all right, but he had nuff wheels an' whirligigs left over fer ter make a n'er clock."

"There's a clock in here," said the little boy, "but it's in a glass case."

"Don't pester it, honey, kaze it's yo' granma's, an' 'twant yo' granma dat had you shot up in dar. No, suh, not her — never in de roun' worl'."

The little prisoner sighed, but said nothing. He was not a talkative chap; he had been taught that it is impolite to ask questions, and as a child's conversation must necessarily be made up of questions, he had little to say. Uncle Remus found a rake leaning against the chimney. This he took and examined critically, and found that one of the teeth was broken out. "Now, I wonder who could 'a' done dat!" he exclaimed. "Sholy nobody would n't 'a' come 'long an' knock de toof out des fer fun. Ef de times wuz diffunt, I'd say dat a cricket hauled off an' kicked it out wid one er his behime legs. But times done change; dey done change so dat when I turn my head an' look back'erds, I hatter ketch my breff I gits so skeer'd. Dey done been sech a change dat de crickets ain't dast ter kick sence ol' Grandaddy

Cricket had his great kickin' match. I laid off fer
ter tell you 'bout it when we wuz gwine atter dat
load er corn dat 's waitin' fer us; but stidder
gwine atter corn, here you is settin' in de parlor
countin' out yo' money." Uncle Remus came
close to the window and looked in. "Ol' Miss
useter keep de Bible on de table dar — yasser!
dar 'tis, de same ol' Bible dat 's been in de fam-
bly sence de year one. You better git it down,
honey, an' read dat ar piece 'bout de projickin'
son, kaze ef dey shet you up in de parlor now,
dey 'll hatter put you in jail time youer ten year
ol'."

This remark was intended for the ear of the
young mother, who had come into the front yard
searching for roses. Uncle Remus had seen her
from the corner of his eye, and he determined to
talk so she could hear and understand.

"But what will they put me in jail for?" the
child asked.

"What dey put you in dar fer? Kaze you wipe
yo' mouf on yo' sleeve. Well, when you git a little
bigger, you 'll say ter yo'se'f, 'Dey shet me in de

parlor fer nothin', an' now I 'll see ef dey 'll put
me in jail fer sump'n'; an' den you 'll make a
mouf at de gov'ner up dar in Atlanta — I know
right whar his house is — an' dey 'll slap you in
jail an' never ax yo' name ner whar you come
fum. Dat 's de way dey does in dat town, kaze I
done been dar an' see der carryin's on."

"I believe I 'll try it when I go back home,"
said the little lad.

"Co'se you will," Uncle Remus assented, "an'
you 'll be glad fer ter git in jail atter bein' in a
parlor what de sun ain't shine in sence de war.
You come down here fer ter git strong an' well,
an' here you is in de dampest room in de house.
You 'll git well — oh, yes! I see you well right
now, speshually atter you done had de croup an'
de pneumony, an' de browncreeturs."

"There 's mother," said the little boy under his
breath.

"I wish 'twuz yo' daddy!" Uncle Remus re-
plied. "I 'd gi' 'im a piece er my min' ez long ez a
waggin tongue."

But the young mother never heard this remark.

She had felt she was doing wrong when she banished the child to the parlor for a trivial fault, and now she made haste to undo it. She ran into the house and released the little boy, and told him to run to play. "Thank you, mother," he said courteously, and then when he disappeared, what should the young mother do but cry?

The child, however, was very far from crying. He ran around to the front yard just in time to meet Uncle Remus as he came out. He seized the old darky's hand and went skipping along by his side. "You put me in min' er ol' Grandaddy Cricket 'bout de time he had his big kickin' match. He sho wuz lively."

"That was just what I was going to ask you about," said the child enthusiastically, for his instinct told him that Uncle Remus's remarks about Grandaddy Cricket were intended to lead up to a story. When they had both climbed into the wagon, and were well on their way to the Wood Lot, where the surplus corn had been temporarily stored, the old man, after some preliminaries, such as looking in his hat to see if he had

lost his hankcher, as he called it, and inquiring of
the horses if they knew where they were going
and what they were going after, suddenly turned
to the child with a question: "Ain't I hear you ax
me 'bout sump'n n'er, honey? I 'm gittin' so ol' an'
wobbly dat it seem like I 'm deaf, yit ef anybody
wuz ter call me ter dinner, I speck I could hear
um a mile off ef dey so much ez whispered it."

"Yes," the child replied. "It was about old
Grandaddy Cricket. I thought maybe you knew
something about him."

"Who? Me, honey? Why, my great-gran-
daddy's great-grandaddy live nex' door ter whar
ol' Grandaddy Cricket live at. Folks is lots littler
now dan what dey wuz in dem days, an' likewize
de creeturs, an' de creepin' an' crawlin' things.
My grandaddy say dat his great-grandaddy
would make two men like him, an' my grandaddy
wuz a monst'us big man, dey ain't no two ways
'bout dat. It seems like dat folks is swunk up.
My grandaddy's great-grandaddy say it 's kaze
dey done quit eatin' raw meat.

"I can't tell you 'bout dat myself, but my

great-grandaddy's great-great-grandaddy could eat a whole steer in two days, horn an' huff, an' dem what tol' me ain't make no brags 'bout it; dey done like dey 'd seen it happen nine times a mont' off an' on fer forty year er mo'. Well, den," Uncle Remus went on, looking at the little chap to see if he was swallowing the story with a good digestion — "well, den, dat bein' de case, it stan's ter reason dat de creeturs an' de crawlin' an' creepin' things wuz lots bigger dan what dey is now. Dey had bigger houses, ef dey had any 'tall, an' ef dey had bigger houses dey must 'a' had bigger chimbleys.

"So den, all dat bein' settle', I 'm gwine tell yo' 'bout ol' Grandaddy Cricket. He must 'a' been a grandaddy long 'bout de time dat my great-grandaddy's great-grandaddy wuz workin' for his great-grandaddy. Howsomever dat mought be, ol' Grandaddy Cricket wuz on han', an' fum all I hear he wuz bigger dan a middlin'-size goat. All endurin' er de hot weather, he 'd stay out in de woods wid his fife an' his fiddle, an' I speck he had great times. One day he 'd fiddle fer de fishes

fer ter dance, an' de nex' he'd l'arn de young
birds how ter whistle wid his fife. Day in an' day
out he frolicked an' had his fun, but bimeby de
weather 'gun ter git cool an' de days 'gun ter git
shorter, an' ol' Grandaddy Cricket hatter keep
his han's in his pockets fum soon in de mornin'
twel ten o'clock. An' 'long 'bout de time when de
sun start down hill, he 'd hatter put his fiddle un-
der his arm an' his fife in his side-pocket.

"Dis wuz bad nuff, but wuss come. It got so
col' dat Grandaddy Cricket can't skacely walk
twel de sun wuz shinin' right over 'im. Mo' dan
dat, he 'gun ter git hongry and stay hongry. Ef
yu 'd 'a' seed 'im in de hot weather, fiddlin' an'
dancin', an' fifin' an' pranc'n', you 'd 'a' thunk
dat he had a stack er vittles put by ez big ez de
barn back yander; but bimeby it got so cold dat
he know sump'n got ter be done. He know sum-
p'n got ter be done, but how er when he could n't
'a' tol' you ef it had 'a' been de las' ac'. He went
'long, creepin' an' crawlin' fum post ter pillar, an'
he 'membered de days when he went wid a hop,
skip an' a jump, but he wuz too col' fer ter cry.

"So he holler down thoo de crack"

"He crope along, tryin' ter keep on de sunny side er de worl', twel bimeby, one day he seed smoke a-risin' way off yander, an' he know'd mighty well dat whar der 's smoke dey bleeze ter be fire. He crope an' he crawled, an' bimeby he come close nuff ter de smoke fer ter see dat it wuz comin' out'n a chimbley dat 'd been built on one 'een uv a house. 'Twant like de houses what you see up yander in Atlanty, kaze 'twuz made out er logs, an' de chink 'twix' de logs wuz stopped up wid red clay. De chimbley wuz made out'n sticks an' stones an' mud.

"Grandaddy Cricket wuz forty-lev'm times bigger dan what his fambly is deze days, but he wan't so big dat he could n't crawl un' de house, kaze 'twuz propped up on pillars. So un' de house he went an' scrouge close ter de chimbley fer ter see ef he can't git some er de warmf, but, bless you, it 'uz stone col'. Ef it had 'a' been like de chimbleys is deze days, ol' Grandaddy Cricket would 'a' friz stiff, but 'twuz plain, eve'yday mud plastered on some sticks laid crossways. 'Twuz hard fer ol' Grandaddy Cricket fer ter work his

way inter de chimbley, but harder fer ter stay out
'n de col' — so he sot in ter work. He gnyawed
an' he sawed, he scratched an' he clawed, he
pushed an' he gouged, an' he shoved an' he
scrouged, twel, bimeby, he got whar he could feel
some er de warmf er de fire, an' 'twant long 'fo'
he wuz feelin' fine. He snickered ter hisse'f when
he hear de win' whistlin' roun' de cornders, an'
blowin' des like it come right fresh fum de place
whar de ice-bugs live at."

The little boy laughed and placed his hand ca-
ressingly on Uncle Remus's knee. "You mean
ice-bergs, Uncle Remus," he said.

"Nigh ez I kin 'member," replied the old
darky, with affected dignity, "ice-bugs is what I
meant. I tell you dat p'intedly. What I know
'bout ice-berrigs?"

The little lad eyed the old darky curiously,
but said nothing more for some time. Uncle Re-
mus regarded him from the corner of his eye and
smiled, for this was a little chap whose ways he
was yet to understand. Finally, he took up the
thread of his story. "It's des like I tell you,

honey; he ain't no sooner git thawed out dan he
'gun ter feel good. Dey wuz some cracks an'
crannies in de h'ath er de fireplace, an' when de
chillun eat der mush an' milk, some er de crum's
'ud sift thoo de h'ath. Ol' Grandaddy Cricket
smelt um, an' felt um, an' helt um, an' atter
dat you could n't make 'im b'lieve dat he wan't
in hog-heav'm.

"De place whar he wuz at wa' n't roomy nuff
fer fiddlin', but he tuck out his fife an' 'gun ter
play on it, an' ev'y time he hear a noise he 'd cut
de chune short. He 'd blow a little an' den break
off, but take de day ez it come, he put in a right
smart lot er fifin'. When night come, an' ev'y-
thing wuz dark down dar whar he wuz at, he des
turned hisse'f loose. De chillun in de house, dey
des lis'en an' laugh, but dey daddy shake his
head an' look sour. Dey wan't no crickets in de
country whar he come fum, an' he wan't usen ter
um. But de mammy er de chillun ain't pay no
'tention ter de fifin'; she des went on 'bout her
business like dey ain't no cricket in de roun'
worl'. Ol' Grandaddy Cricket he fifed an' fifed

des like he wuz doin' it fer pay. He played de chil-
lun off ter bed an' played um ter sleep; he played
twel de ol' man got ter nid-nid-noddin' by de fire;
he played twel dey all went ter bed 'cep' de mam-
my, an' he played whiles she sot by de h'ath, an'
dremp 'bout de times when she wuz a gal — de
ol' times dat make de gran'-chillun feel so funny
when dey hear tell 'bout um.

"Night atter night de fifin' went on, an' bime-
by de man 'gun ter git tired. De 'oman, she say
dat de crickets brung good luck, but de man, he
say he 'd druther have mo' luck an' less fifin'. So
he holler down thoo de crack in de h'ath, an' tell
ol' Grandaddy Cricket fer ter hush his fuss er
change his chune. But de fifin' went on. De man
holler down an' say dat ef de fifin' don't stop, he
gwine ter pour b'ilin' water on de fifer. Ol' Gran-
daddy Cricket holler back:

> *'Hot water will turn me brown,*
> *An' den I'll kick yo' chimbley down.'*

"De man, he grin, he did, an' den he put de
kittle on de fire an' kep' it dar twel de water 'gun

ter b'ile, an' den, whiles de fifin' wuz at de loud-
est, he tuck de kittle an' tilted it so de scaldin'
water will run down thoo de cracks, an' den de
fust thing he know'd he ain't know nothin', kaze
de water weakened de clay an' de h'ath fell in an'
ol' Grandaddy Cricket sot in ter kickin' an' de
chimbley come down, it did, an' bury de man, an'
when dey got 'im out, he wuz one-eyed an' splay-
footed.

"De 'oman an' de chillun ain't skacely know
'im. Dey hatter ax 'im his name, an' whar he
come fum, an' how ol' he wuz; an' atter he satchi-
fied um dat he wuz de same man what been
livin' dar all de time, de 'oman say, 'Ain't I tell
you dat crickets fetch good luck?' An' de man, he
'low, 'Does you call dis good luck?'"

"What became of the cricket?" asked the little
boy, after a long pause, during which Uncle Re-
mus appeared to be thinking about other things.

"Oh!" exclaimed the old darky. "Dat 's so! I
ain't tol' you, is I? Well, ol' Grandaddy Cricket
kicked so hard, an' kicked so high, dat he on-
j'inted bofe his legs, an' when he crawled out fum

de chimbley, his elbows wuz whar his knees oughter be at."

"But it was cold weather," suggested the little boy. "Where did he go when he kicked the chimney down?"

Uncle Remus smiled as he took another chew of tobacco. "Dey wa' n't but one thing he could do," he replied; "he went on ter nex' house an' got in de chimbley an' he been livin' in chimbleys off an' on down ter dis day an' time."

II

HOW WILEY WOLF RODE IN THE BAG

UNCLE REMUS soon had the wagon loaded with corn, and he and the little boy started back home. The plantation road was not a good one to begin with, and the spring rains had not improved it. Consequently there were times when Uncle Remus deemed it prudent to get out of the wagon and walk. The horses were fat and strong, to be sure, but some of the small hills were very steep, so much so that the old darky had to guide the team first to the right and then to the left in order to overcome the sheer grade. In other words, he had to see-saw as he explained to the little boy. "Drive um straight up, an' dey fall back," he explained, "but on de see-saw dey fergits dat deyer gwine uphill."

All this was Dutch to the little boy, who knew

nothing about driving horses, but he had been well trained, and so he said, "Yes, that is so." The last time that Uncle Remus had to vacate the driver's seat in order to relieve the horses of his weight, he stumbled into a ditch that had been dug on the side of the road to prevent the rains from washing it into gullies. He recovered himself immediately, but not before he had startled a little rabbit, which ran on ahead of the horses for a considerable distance. Instinct came to its aid after a while, and it darted into the underbrush which grew profusely on both sides of the road.

Before the little rabbit disappeared, however, Uncle Remus had time to give utterance to a hunting halloo that aroused the echoes all around and made the little boy jump, for he was not used to this sort of thing. "I declar' ter gracious ef it don't put me in min' er ol' times — de times dey tell 'bout in de tales dat been handed down. Ef dat little rab had 'a' been five times ez big ez he is, an' twice ez young, I 'd 'a' thunk we 'd done got back ter de days when my great-grandaddy's

"'Does you call dis good luck?'"

great-grandaddy lived. You may n't b'lieve me,
but ef you 'll count fum de time when my great-
grandaddy's great-grandaddy wuz born'd down
ter dis minnit, you 'll fin' dat youer lookin' back
on many a long year, an' a mighty heap er
Chris'mus-come-an'-gone.

"You may think dat deze times is de bes'; well,
den, you kin have um ef you 'll des gi' me de ol'
times when de nights wuz long an' de days short,
wid plenty er wood on de fire, an' taters an' ash-
cake in de embers. Han' um here!" Uncle Re-
mus held out his hand as if he thought the little
chap had the old times and the ashcakes and the
roasted potatoes in his pocket. "Den you ain't
got um," he went on, as the child drew away and
pretended to hold his pocket tight; "you ain't got
um, an' you can't git um. I done been had um,
but I got ter nippy-nappin' one night, an' some
un come 'long an' tuck um — some nigger man,
I speck, kaze dey wuz a big fat 'possum mixed
up wid um, an' a heap er yuther things liable fer
ter make a nigger's mouf water. Yasser! dey tuck
um right away fum me, an' I ain't seed um sence;

an' maybe ef I wuz ter see um I would n't know um."

"Were the rabbits very large in old times?" inquired the little boy.

"Dey mought er been runts in de fambly," replied Uncle Remus cautiously, "but fum all I kin hear fum dem what know'd, ol' Brer Rabbit wuz a sight bigger dan any er de rabbits you see deze days."

Uncle Remus paused to give the little boy an opportunity to make some comment, or ask such questions as occurred to him, as the other little boy had been so ready to do; but he said nothing. It seemed that his curiosity had been satisfied, and yet he wanted very much to hear a story such as Uncle Remus had been in the habit of telling his father when he was the little boy. But he had been so rigidly trained to silence in the presence of his elders that he hesitated about making his desires known.

The old negro, however, was so accustomed to anticipating the wants of children, especially those in whom he took an interest, that he knew perfectly well what the little boy wanted. The child's attitude was expectant, even if his lips refused to give form to his thoughts. This sort of thing — the old negro could give it no name — was so new to Uncle Remus that he chuckled, and presently the chuckle developed into a hearty laugh.

The little boy regarded him with surprise. "Are you laughing at me, Uncle Remus?" he inquired, after some hesitation.

"Why, honey, what put dat idee in yo' head? What I gwineter laugh at you fer? Ef you wuz a little bigger, I might laugh at you, des ter see how you 'd take it. Ef you want me ter laugh at you, you 'll hatter do some growin'."

"Grandmother says I 'm a big boy," said the child.

"Fer yo' age an' size, youer right smart chunk uv a boy," assented Uncle Remus, "but you 'll hatter be lots bigger dan what you is 'fo' I laugh at you. No, suh; I wuz gigglin' at de way Brer Rabbit got away wid ol' Brer Wolf endurin' er de time when der chillun played tergedder; an' dat

little rabbit dat run 'cross de road put me in min'
un it. I bet ef I 'd 'a' been dar, I 'd 'a' done mo'
dan laugh — I 'd 'a' holler'd. Yasser, dey ain't
no two ways 'bout it — I 'd 'a' des flung back my
head an' 'a' fetched a whoop dat you could 'a'
hearn fum here ter de big house. Dat 's what I 'd
'a' done."

"It must have been very funny, then," re-
marked the little boy.

Uncle Remus looked at the child with a seri-
ous face. Surely something must be wrong with
him. And yet he was still expectant — expectant
and patient. The old negro had never had deal-
ings with such a youngster as this, and he was not
in the habit of telling stories "des dry so," as he
put it; so he went at it in a new, but still a charac-
teristic, way. "Ef yo' pa had 'a' been settin' wha
you settin' he would n't gi' me no peace twel I tol'
'im zackly what I wuz laughin' 'bout; an' he 'd 'a'
pestered me wid his inquirements twel he foun' out
all about it. Does he pester you dat away, honey?
Kaze ef he does, I 'll tell you de way ter fetch 'im
up wid a roun' turn; des tell 'im you gwineter tell

his mammy on him, an' I bet you he won't pester you much atter dat."

This tickled the little boy very much. The idea of asking his grandmother to make his father stop bothering him was so new and so ridiculous that he laughed unrestrainedly.

"De minnit dat little rab jumped out 'n de bushes," Uncle Remus went on, apparently paying no attention to the child's laughter, "it put me in min' er de time when ol' Brer Rabbit had a lot er chillun an' gran'chillun pirootin' roun' de neighborhoods whar he live at. Dey mought 'a' not been any gran'chillun in de bunch, but dey wuz plenty er chillun, bofe young an' ol'.

"Brer Rabbit 'ud move sometimes des like de folks does deze days, speshually up dar in 'Lantmatantarum, whar you come fum." The little boy smiled at this new name for Atlanta, and snuggled a little closer to Uncle Remus, for the old man had, with this one word, entered the fields that belong to childhood. "He'd move, but mos' allers he'd take a notion fer ter come back ter his ol' home. Sometimes he hatter move, de

yuther creeturs pursued atter 'im so close, but
dey allers got de ragged en' er de pursuin', an'
dey wuz times when dey 'd be right neighborly
wid 'im.

"'Twuz 'bout de time dat Brer Wolf had
kinder made up his min' dat he can't outdo Brer
Rabbit, no way he kin fix it, an' he say ter hisse'f
dat he better let 'im 'lone twel he kin git 'im in a
corner whar he can't git out. So Brer Wolf, he
live wid his fambly on one side de road, an' Brer
Rabbit live wid his fambly on de yuther side, not
close nuff fer ter quoil 'bout de fence line, an' yit
close nuff fer der youngest chillun ter play ter-
gedder whiles de ol' folks wuz payin' der Sunday
calls.

"It went on an' went on dis way twel it look
like Brer Rabbit done fergit how ter play tricks
on his neighbors an' Brer Wolf done disremem-
ber'd dat he yever is try fer ter ketch Brer Rabbit
fer meat fer his fambly. One Sunday in speshual,
dey wuz mighty frien'ly. It wuz Brer Rabbit's
time fer ter call on Brer Wolf, an' bofe un um wuz
settin' up in de porch des ez natchal ez life. Brer

Rabbit wuz chawin' his terbacker an' spittin' over de railin' an' Brer Wolf wuz grinnin' 'bout ol' times, an' pickin' his toofies, which dey look mighty white an' sharp. Dey wuz settin' up dar, dey wuz, des ez thick ez fleas on a dog's back, an' lookin' like butter won't melt in der mouf.

"An' whiles dey wuz settin' dar, little Wiley Wolf an' Riley Rabbit wuz playin' in de yard des like chillun will. Dey run an' dey romped, dey frisk an' dey frolic, dey jump an' dey hump, dey hide an' dey slide, an' it look like dey had mo' fun dan a mule kin pull in a waggin. Little Wiley Wolf, he 'd run atter Riley Rabbit, an' den Riley Rabbit 'ud run atter Wiley Wolf, an' here dey had it up an' down an' roun' an' roun', twel it look like dey 'd run deyse'f ter death. 'Bout de time you 'd think dey bleeze ter drap, one un um would holler out, 'King's Excuse!' an' in dem days, when you say dat, nobody can't ketch you, it ain't make no diffunce who, kaze ef dey dast ter lay han's on you atter you say dat, dey could be tuck ter de place whar dey done der judgin', an ef dey wa' n't mighty sharp dey 'd git put in jail.

"Now, whiles Wiley Wolf an' Riley Rabbit wuz havin' der fun, der daddies wuz bleeze ter hear de racket what dey make, an' see de dus' dey raise. Dey squealed an' dey squalled, an' ripped aroun' twel you 'd a thunk dey wuz a good size whirlywin' blowin' in de yard. Brer Rabbit chaw'd his terbacker right s'ow an' shot one eye, an' ol' Brer Wolf lick his chops an' grin. Brer Rabbit 'low, 'De youngsters is gittin' mighty familious,' an' ol' Brer Wolf say, 'Dey is indeedy, an' I hope dey 'll keep it up. You know how we useter be, Brer Rabbit; we wuz constant a-playin tricks on one an'er, an' it lookt like we wuz allers at outs. I hope de young uns 'll have better manners!'

"Dey sot dar, dey did, talkin' 'bout ol' times, twel de sun got low, an' de v'sitin' had ter be cut short. Brer Rabbit say dat he had ter cut some kindlin' so his ol' 'oman kin git supper, an' Brer Wolf 'low dat he allers cut his kindlin' on Sat'day so he kin have all Sunday ter hisse'f, an' smoke his pipe in peace. He went a piece er de way wid Brer Rabbit, an' Wiley Wolf, he come, too, an'

"'Git 'im use to de bag!'"

him an' Riley Rabbit had all sorts uv a time atter dey got in de big road. Dey wuz bushes on bofe sides, an' dey kep' up der game er hide an' seek des ez fur ez Brer Wolf went, but bimeby, he say he gone fur nuff, an' he say he hope Brer Rabbit 'll come ag'in right soon, an' let Riley come an' play wid Wiley endurin' er de week.

"Not ter be outdone, Brer Rabbit invite Brer Wolf fer ter come an' see him, an' likewise ter let Wiley come an' play wid Riley. 'Dey ain't nothin' but chillun,' sezee, 'an' look like dey done tuck a likin' ter one an'er.'

"On de way back home, Brer Wolf make a mighty strong talk ter Wiley. He say, 'It's mo' dan likely dat de little Rab will come ter play wid you some day when dey ain't nobody here, an' when he do, I want you ter play de game er ridin' in de bag.' Wiley Wolf say he ain't never hear tell er dat game, an' ol' Brer Wolf say it's easy ez fallin' off a log. 'You git in de bag,' sez-ee, 'an' let 'im haul you roun' de yard, an' den he 'll git in de bag fer you ter haul him 'roun'. What you wanter do is ter git 'im use ter de bag; you hear dat, don't you? Git 'im use ter de bag.'

"So when little Riley come, de two un um had a great time er ridin' in de bag; 'twuz des like ridin' in a waggin, 'ceppin' dat Riley Rabbit look like he ain't got no mo' sense dan ter haul little Wiley Wolf over de roughest groun' he kin fin', an' when Wiley holler'd dat he hurt 'im, Riley 'ud say he won't do it no mo', but de nex' chance he got, he 'd do it ag'in.

"Well, dey had all sorts uv a time, an' when Riley Rabbit went home, he up an' tol' um all what dey 'd been a-playin'. Brer Rabbit ain't say nothin'; he des sot dar, he did, an' chaw his ter-backer, an' sh•t one eye. An' when ol' Brer Wolf come home dat night, Wiley tol' 'im 'bout de good time dey 'd had. Brer Wolf grin, he did, an' lick his chops. He say, sezee, 'Dey 's two parts ter dat game. When you git tired er ridin' in de bag, you tie de bag.' He went on, he did, an' tol' Wiley dat what he want 'im ter do is ter play ridin' in de bag twel bofe got tired, an' den play tyin' de bag, an' at de las' he wuz ter tie de bag so

little Riley Rabbit can't git out, an' den ter go ter
bed an' kiver up his head.

"So said, so done. Little Riley Rabbit come an'
played ridin' in de bag, an' den when dey got
tired, dey played tyin' de bag. 'Twuz mighty
funny fer ter tie one an'er in de bag, an' not
know ef twuz gwineter be ontied. I dunner what
would 'a' happen ter little Riley Rab ef ol' Brer
Rabbit ain't come along wid a big load er 'spic-
ions. He call de little Rabbit ter de fence. He talk
loud an' he say dat he want 'im fer ter fetch a
turn er kindlin' when he start home, an' den he
say ter Riley, 'Be tied in de bag once mo', an'
den when Wiley gits in tie 'im in dar hard an'
fas'. Wet de string in yo' mouf, an' pull it des ez
tight ez you kin. Den you come on home; yo'
mammy want you.'

"De las' time Wiley Wolf got in de bag, lit-
tle Riley tied it so tight dat he could n't 'a'
got it loose ef he 'd 'a' tried. He tied it tight,
he did, an' den he 'low, 'I got ter go home fer
ter git some kindlin', an' when I do dat, I 'll
come back an' play twel supper-time.' But ef

he yever is went back dar, I ain't never hear talk un it."

Uncle Remus closed his eyes apparently, but not so tight that he could n't watch the little boy. The youngster had been listening to the story too intently to ask questions, and now he sat silent waiting for Uncle Remus to finish. He waited and waited until he grew impatient, and then he raised his head. He still waited a few moments longer, but Uncle Remus to all appearances was nodding. "Uncle Remus," he cried, "what became of Wiley Wolf?"

The old negro pretended to wake with a start. "Ain't I hear some un talkin'?" He looked all around, and then his eye fell on the little boy. "Dar you is!" he exclaimed with a laugh. "I done been ter sleep an' drempt dat I wuz eatin' a slishe er tater custard ez big ez de waggin body." The little boy repeated his question, whereupon Uncle Remus held up his hands with a gesture of astonishment. "Ain't I tol' you dat? Den I mus' be gittin' ol' an' wobbly. De fus' thing when I git ter de house I 'm gwineter be weighed fer ter see how ol' I is. Now, whar wuz I at?"

"Wiley Wolf was in the bag," the little boy answered

"Ah-h-h! Right whar Riley Rab lef' 'im. He wuz in de bag an' dar he stayed twel ol' Brer Wolf come fum whar he been workin' in de fiel' — de creeturs wuz mos'ly farmers in dem days. He come back, he did, an' he see de bag, an' he know by de bulk un it dat dey wuz sump'n in it, an' he 'uz so greedy dat his mouf fair dribbled. Now, den, when Wiley Wolf got in de bag, he wuz mighty tired. He 'd been a-scufflin' an a-rastlin' twel he wuz plum' wo' out. He hear Riley Rab say he wuz comin' back, an' while he wuz waitin', he drapt off ter sleep, an' dar he wuz when his daddy come home — soun' asleep.

"Ol' Brer Wolf ain't got but one idee, an' dat wuz dat Riley Rab wuz in de bag, so he went ter de winder, an' ax ef de pot wuz b'ilin', an' his ol' 'oman say 'twuz. Wid dat, he pick up de bag, an' fo' you could bat yo' eye, he had it soused in de pot."

"In the boiling water!" exclaimed the child.

"Dat's de way de tale runs," replied Uncle Remus. "Ez dey gun it ter me, so I gin it to you."

III

BROTHER RABBIT'S LAUGHING-PLACE

THIS new little boy was intensely practical. He had imagination, but it was unaccompanied by any of the ancient illusions that make the memory of childhood so delightful. Young as he was he had a contempt for those who believed in Santa Claus. He believed only in things that his mother considered valid and vital, and his training had been of such a character as to leave out all the beautiful romances of childhood.

Thus when Uncle Remus mentioned something about Brother Rabbit's laughing-place, he pictured it forth in his mind as a sure-enough place that the four-footed creatures had found necessary for their comfort and convenience. This way of looking at things was, in some measure, a great help; it cut off long explanations, and stopped many an embarrassing question.

On one occasion when the two were together, the little boy referred to Brother Rabbit's laughing-place and talked about it in much the same way that he would have talked about Atlanta. If Uncle Remus was unprepared for such literalness he displayed no astonishment, and for all the child knew, he had talked the matter over with hundreds of other little boys.

"Uncle Remus," said the lad, "when was the last time you went to Brother Rabbit's laughing-place?"

"To tell you de trufe, honey, I dunno ez I ever been dar," the old man responded.

"Now, I think that is very queer," remarked the little boy.

Uncle Remus reflected a moment before committing himself. "I dunno ez I yever went right spang ter de place an' put my han' on it. I speck I could 'a' gone dar wid mighty little trouble, but I wuz so use ter hearin' 'bout it dat de idee er gwine dar ain't never got in my head. It 's sorter

"'Den you come on home; yo' mammy want you'"

like ol' Mr. Grissom's house. Dey say he lives in a quare little shanty not fur fum de mill. I know right whar de shanty is, yit I ain't never been dar, an' I ain't never seed it.

"It 's de same way wid Brer Rabbit's laughin'-place. Dem what tol' me 'bout it had likely been dar, but I ain't never had no 'casion fer ter go dar myse'f. Yit ef I could walk fifteen er sixty mile a day, like I useter, I boun' you I could go right now an' put my han' on de place. Dey wuz one time — but dat 's a tale, an', goodness knows, you done hear nuff tales er one kin' an' anudder fer ter make a hoss sick — dey ain't no two ways 'bout dat."

Uncle Remus paused and sighed, and then closed his eyes with a groan, as though he were sadly exercised in spirit; but his eyes were not shut so tight that he could not observe the face of the child. It was a prematurely grave little face that the old man saw and whether this was the result of the youngster's environment, or his training, or his temperament, it would have been difficult to say. But there it was, the gravity

that was only infrequently disturbed by laughter.
Uncle Remus perhaps had seen more laughter in
that little face than any one else. Occasionally the
things that the child laughed at were those that
would have convulsed other children, but more
frequently, as it seemed, his smiles were the re-
sult of his own reflections and mental compari-
sons.

"I tell you what, honey," said Uncle Remus,
opening wide his eyes, "dat 's de ve'y thing you
oughter have."

"What is it?" the child inquired, though ap-
parently he had no interest in the matter.

"What you want is a laughin'-place, whar you
kin go an' tickle yo'se'f an' laugh whedder you
wanter laugh er no. I boun' ef you had a laughin'-
place, you 'd gain flesh, an' when yo' pa comes
down fum 'Lantamatantarum, he would n't
skacely know you."

"But I don't want father not to know me,"
the child answered. "If he did n't know me, I
should feel as if I were some one else."

"Oh, he 'd know you bimeby," said Uncle Remus, "an' he 'd be all de gladder fer ter see you lookin' like somebody."

"Do I look like nobody?" asked the little boy.

"When you fust come down here," Uncle Remus answered, "you look like nothin' 'tall, but sence you been ramblin' roun' wid me, you done 'gun ter look like somebody — mos' like um."

"I reckon that 's because I have a laughing-place," said the child. "You did n't know I had one, did you? I have one, but you are the first person in the world that I have told about it."

"Well, suh!" Uncle Remus exclaimed with well-feigned astonishment; "an' you been settin' here lis'nin' at me, an' all de time you got a laughin'-place er yo' own! I never would 'a' b'lieved it uv you. Wharbouts is dish yer place?"

"It is right here where you are," said the little boy with a winning smile.

"Honey, you don't tell me!" exclaimed the old man, looking all around. "Ef you kin see it, you see mo' dan I does — dey ain't no two ways 'bout dat."

"Why, you are my laughing-place," cried the

little lad with an extraordinary burst of enthu-
siasm.

"Well, I thank my stars!" said Uncle Remus
with emotion. "You sho' does need ter laugh lots
mo' dan what you does. But what make you
laugh at me, honey? Is my britches too big, er is I
too big fer my britches? You neen'ter laugh at dis
coat, kaze it's one dat yo' grandaddy useter
have. It's mighty nigh new, kaze I ain't wo'd it
mo' dan 'lev'm year. It may look shiny in places,
but when you see a coat look shiny, it's a sign
dat it's des ez good ez new. You can't laugh at
my shoes, kaze I made um myse'f, an' ef dey lack
shape dat's kaze I made um fer ter fit my rheu-
matism an' my foots bofe."

"Why, I never laughed at you!" exclaimed the
child, blushing at the very idea. "I laugh at what
you say, and at the stories you tell."

"La, honey! You sho' dunno nothin'; you
oughter hearn me tell tales when I could tell um.
I boun' you 'd 'a' busted de buttons off'n yo'
whatchermacollums. Yo' pa useter set right whar
you er settin' an' laugh twel he can't laugh no

mo'. But dem wuz laughin' times, an' it look like dey ain't never comin' back. Dat 'uz 'fo' eve'ybody wuz rushin' roun' trying fer ter git money what don't b'long ter um by good rights."

"I was thinking to myself," remarked the child, "that if Brother Rabbit had a laughing-place I had a better one."

"Honey, hush!" exclaimed Uncle Remus with a laugh. "You 'll have me gwine roun' here wid my head in de a'r, an' feelin' so biggity dat I won't look at my own se'f in de lookin'-glass. I ain't too ol' fer dat kinder talk ter sp'ile me."

"Did n't you say there was a tale about Brother Rabbit's laughing-place?" inquired the little boy, when Uncle Remus ceased to admire himself.

"I dunner whedder you kin call it a tale," replied the old man. "It 's mighty funny 'bout tales," he went on. "Tell um ez you may an' whence you may, some 'll say tain't no tale, an' den ag'in some 'll say dat it 's a fine tale. Dey ain't no tellin'. Dat de reason I don't like ter tell no tale ter grown folks, speshually ef dey er white

folks. Dey 'll take it an' put it by de side er some
yuther tale what dey got in der min' an' dey 'll
take on dat slonchidickler grin what allers say,
'Go way, nigger man! You dunner what a tale
is!' An' I don't — I 'll say dat much fer ter keep
some un else fum sayin' it.

"Now, 'bout dat laughin'-place — it seem like
dat one time de creeturs got ter 'sputin' 'mongs'
deyselves ez ter which un kin laugh de loudest.
One word fotch on an'er twel it look like dey wuz
gwineter be a free fight, a rumpus an' a riot. Dey
show'd der claws an' tushes, an' shuck der horns,
an' rattle der hoof. Dey had der bristles up, an' it
look like der eyes wuz runnin' blood, dey got
so red.

"Des 'bout de time when it look like you can't
keep um 'part, little Miss Squinch Owl flew'd up
a tree an' 'low, 'You all dunner what laughin' is
— ha-ha-ha-ha! You can't laugh when you try
ter laugh — ha-ha-ha-haha!' De creeturs wuz
'stonisht. Here wuz a little fowl not much bigger
dan a jay-bird laughin' herse'f blin' when dey
wa' n't a thing in de roun' worl' fer ter laugh at.

Dey stop der quoilin' atter dat an' look at one an'er. Brer Bull say, 'Is anybody ever hear de beat er dat? Who mought de lady be?' Dey all say dey dunno, an' dey got a mighty good reason fer der sesso, kaze Miss Squinch Owl, she flies at night wid de bats an' de Betsey Bugs.

"Well, dey quit der quoilin', de creeturs did, but dey still had der 'spute; de comin' er Miss Squinch Owl ain't settle dat. So dey 'gree dat dey 'd meet some'rs when de wedder got better, an' try der han' at laughin' fer ter see which un kin outdo de yuther." Observing that the little boy was laughing very heartily, Uncle Remus paused long enough to inquire what had hit him on his funny-bone.

"I was laughing because you said the animals were going to meet an' try their hand at laughing," replied the lad when he could get breath enough to talk.

Uncle Remus regarded the child with a benevolent smile of admiration. "Youer long ways ahead er me — you sho' is. Dey ain't na'er n'er chap in de worl' what 'd 'a' cotch on so quick.

You put me in min' er de peerch, what grab de
bait 'fo' it hit de water. Well, dat 's what de cree-
turs done. Dey say dey wuz gwineter make trial
fer ter see which un is de out-laughin'est er de
whole caboodle, an' dey name de day, an' all
prommus fer ter be dar, ceppin' Brer Rabbit, an'
he 'low dat he kin laugh well nuff fer ter suit his-
se'f an' his fambly, 'sides dat, he don't keer 'bout
laughin' less'n dey 's sump'n fer ter laugh at. De
yuther creeturs dey beg 'im fer ter come, but he
shake his head an' wiggle his mustache, an' say
dat when he wanter laugh, he got a laughin'-place
fer ter go ter, whar he won't be pestered by de
balance er creation. He say he kin go dar an'
laugh his fill, an' den go on 'bout his business, ef
he got any business, an' ef he ain't got none, he
kin go ter play.

"De yuther creeturs ain't know what ter make
er all dis, an' dey wonder an' wonder how Brer
Rabbit kin have a laughin'-place an' dey ain't
got none. When dey ax 'im 'bout it, he 'spon', he
did, dat he speck 'twuz des de diffunce 'twix one
creetur an' an'er. He ax um fer ter look at folks,

how diffunt dey wuz, let 'lone de creeturs. One man 'd be rich an' an'er man po', an' he ax how come dat.

"Well, suh, dey des natchally can't tell 'im what make de diffunce 'twix folks no mo' dan dey kin tell 'im de diffunce 'twix' de creeturs. Dey wuz stumped; dey done fergit all 'bout de trial what wuz ter come off, but Brer Rabbit fotch um back ter it. He say dey ain't no needs fer ter see which kin outdo all de balance un um in de laughin' business, kaze anybody what got any sense know dat de donkey is a natchal laugher, same as Brer Coon is a natchal pacer.

"Brer B'ar look at Brer Wolf, an' Brer Wolf look at Brer Fox, an' den dey all look at one an'er. Brer Bull, he say, 'Well, well, well!' an' den he groan; Brer B'ar say, 'Who 'd 'a'

"'Gracious me!' an' den he howl"

thunk it?' an' den he growl; an' Brer Wolf say
'Gracious me!' an' den he howl. Atter dat, dey
ain't say much, kaze dey ain't much fer ter say.
Dey des stan' roun' an' look kinder sheepish. Dey
ain't 'spute wid Brer Rabbit, dough dey 'd 'a'
like ter 'a' done it, but dey sot about an' make
marks in de san' des like you see folks do when
deyer tryin' fer ter git der thinkin' machine ter
work.

"Well, suh, dar dey sot an' dar dey stood. Dey
ax Brer Rabbit how he know how ter fin' his
laughin'-place, an' how he know it
wuz a laughin'-place atter he
got dar. He tap hisse'f on de
head, he did, an' 'low dat dey
wuz a heap mo' und' his hat dan
what you could git out wid a
fine-toof comb. Den dey ax ef
dey kin see his laughin'-place,
an' he say he 'd take de idee
ter bed wid 'im, an' study 'pon
it, but he kin say dis much
right den, dat if he did let um

*"Brer Rabbit he put his
han' ter his head"*

see it, dey 'd hatter go dar one at a time, an'
dey 'd hatter do des like he say; ef dey don't
dey 'll git de notion dat it 's a cryin'-place.

"Dey 'gree ter dis, de creeturs did, an' den
Brer Rabbit say dat while deyer all der terged-
der, dey better choosen 'mongs' deyse'f which un
uv um wuz gwine fus', an' he 'd choosen de res'
when de time come. Dey jowered an' jowered, an'
bimeby, dey hatter leave it all ter Brer Rabbit.
Brer Rabbit, he put his han' ter his head, an' shot
his eyeballs an' do like he studyin'. He say 'De
mo' I think 'bout who shill be de fus' one, de mo'
I git de idee dat it oughter be Brer Fox. He been
here long ez anybody, an' he 's purty well thunk
uv by de neighbors — I ain't never hear nobody
breave a breff ag'in 'im.'

"Dey all say dat dey had Brer Fox in min' all
de time, but somehow dey can't come right out
wid his name, an' dey vow dat ef dey had 'greed
on somebody, dat somebody would sho' 'a' been
Brer Fox. Den, atter dat, 'twuz all plain sailin'.
Brer Rabbit say he 'd meet Brer Fox at sech an'
sech a place, at sech an' sech a time, an' atter dat

dey wa' n't no mo' ter be said.   De creeturs
all went ter de place whar dey live at, an'
done des like dey allers done.

   "Brer Rabbit make a
soon start fer ter
go ter de p'int whar

he prom-
mus ter met
Brer Fox, but soon ez
he wuz, Brer Fox wuz
dar befo' 'im. It seem
like he wuz so much
in de habits er bein'

*"De creeturs all went ter de place
whar dey live at"*

outdone by Brer Rabbit dat he can't do widout it.
Brer Rabbit bow, he did, an' pass de time er day

wid Brer Fox, an' ax 'im how his fambly wuz.
Brer Fox say dey wuz peart ez kin be, an' den he
'low dat he ready an' a-waitin' fer ter go an' see
dat great laughin'-place what Brer Rabbit been
talkin' 'bout.

"Brer Rab-

"But soon ez he wuz, Brer Fox wuz dar befo' 'im"

bit say dat suit him ter a gnat's heel, an' off
dey put. Bimeby dey come ter one er deze here
cle'r places dat you sometimes see in de mid-
dle uv a pine thicket. You may ax yo'se'f how

come dey don't no trees grow dar when dey 's
trees all round, but you ain't gwineter git no an-
swer, an' needer is dey anybody what kin tell you.
Dey got dar, dey did, an' den Brer Rabbit make a
halt. Brer Fox 'low, 'Is dis de place? I don't feel
no mo' like laughin' now dan I did 'fo' I come.'

"Brer Rabbit, he say, 'Des keep yo' jacket on,
Brer Fox; ef you git in too big a hurry it might
come off. We done come mighty nigh ter de place,
an' ef you wanter do some ol' time laughin',
you 'll hatter do des like I tell you; ef you don't
wanter laugh, I 'll des show you de place, an'
we 'll go on back whar we come fum, kaze dis is
one er de days dat I ain't got much time ter was'e
laughin' er cryin'.' Brer Fox 'low dat he ain't so
mighty greedy ter laugh, an' wid dat, Brer Rabbit
whirl roun', he did, an' make out he gwine on
back whar he live at. Brer Fox holler at 'im; he
say, 'Come on back, Brer Rabbit; I 'm des a-
projickin' wid you.'

"'Ef you wanter projick, Brer Fox, you 'll hat-
ter go home an' projick wid dem what wanter be
projicked wid. I ain't here kaze I wanter be here.

You ax me fer ter show you my laughin'-place,
an' I 'greed. I speck we better be gwine on back.'
Brer Fox say he come fer ter see Brer Rabbit's
laughin'-place, an' he ain't gwineter be satchify
twel he see it. Brer Rabbit 'low dat ef dat de case,
den he mus' ac' de gentermun all de way thoo, an'
quit his behavishness. Brer Fox say he 'll do de
best he kin, an' den Brer Rabbit show 'im a place
whar de bamboo briars, an' de blackberry
bushes, an' de honeysuckles done start ter come
in de pine thicket, an' can't come no furder.
'Twa' n't no thick place; 'twuz des whar de
swamp at de foot er de hill peter'd out in tryin'
ter come ter dry lan'. De bushes an' vines wuz
thin an' scanty, an' ef dey could 'a' talked dey 'd
'a' hollered loud fer water.

"Brer Rabbit show Brer Fox de place, an' den
tell 'im dat de game is fer ter run full tilt thoo de
vines an' bushes, an' den run back, an' thoo um
ag'in an' back, an' he say he 'd bet a plug er ter-
backer 'g'in a ginger cake dat by de time Brer
Fox done dis he 'd be dat tickled dat he can't
stan' up fer laughin'. Brer Fox shuck his head; he

ain't nigh b'lieve it, but fer all dat, he make **up**
his min' fer ter do what Brer Rabbit say, spite **er**

"His ol' 'oman done tell him dat he better keep his eye open"

de fack dat his ol' 'oman done tell 'im 'fo' he **lef'**
home dat he better keep his eye open, kaze **Brer**
Rabbit gwineter run a rig on 'im.

"He tuck a runnin' start, he did, an' he went
thoo de bushes an' de vines like he wuz runnin' **a**
race. He run an' he come back a-runnin', an' **he**
run back, an' dat time he struck sump'n wid **his**

head. He try ter dodge it, but he seed it too late, an' he wuz gwine too fas'. He struck it, he did, an' time he do dat, he fetched a howl dat you might 'a' hearn a mile, an' atter dat, he holler'd yap, yap, yap, an' ouch, ouch, ouch, an' yow, yow, yow, an' whiles dis wuz gwine on Brer Rabbit wuz thumpin' de ground wid his behime foot, an' laughin' fit ter k i l l. Brer Fox run r o u n' a n' r o u n', a n' kep' on snappin' at hisse'f an' doin' like he wuz tryin' fer ter t'ar his hide off. He run, an' he roll, an' wallow,

"An' dat time he struck sump'n wid his head"

an' holler, an' fall, an' squall twell it look like he wuz havin' forty-lev'm duck fits.

"He got still atter while, but de mo' stiller he got, de wuss he looked. His head wuz all swell up, an' he look like he been run over in de road by a fo'-mule waggin. Brer Rabbit 'low, 'I 'm glad you had sech a good time, Brer Fox; I 'll hatter fetch you out ag'in. You sho' done like you wuz havin' fun.' Brer Fox ain't say a word; he wuz too mad fer ter talk. He des sot aroun' an' lick hisse'f an' try ter git his ha'r straight. Brer Rabbit 'low, 'You ripped aroun' in dar twel I wuz skeer'd you wuz gwine ter hurt yo'se'f, an' I b'lieve in my soul you done gone an' bump yo' head ag'in a tree, kaze it 's all swell up. You better go home, Brer Fox, an' let yo' ol' 'oman poultice you up.'

"Brer Fox show his tushes, an' say, 'You said dis wuz a laughin'-place.' Brer Rabbit 'low, 'I said 'twuz my laughin'-place, an' I'll say it ag'in. What you reckon I been doin' all dis time? Ain't you hear me laughin'? An' what you been doin'? I hear you makin' a mighty fuss in dar, an' I say ter myse'f dat Brer Fox is havin' a mighty big time.'

"'I let you know dat I ain't been laughin',' sez Brer Fox, sezee."

Uncle Remus paused, and waited to be questioned. "What was the matter with the Fox, if he wasn't laughing?" the child asked after a thoughtful moment.

Uncle Remus flung his head back, and cried out in a sing-song tone,

"*He run ter de Eas', an' he run ter de Wes'*
An' jammed his head in a hornet's nes'!"

IV

BROTHER RABBIT AND THE CHICKENS

UNCLE REMUS was sorely puzzled as to the best method of pleasing this youngster. He was n't sure the little boy enjoyed such tales as the one in which Riley Rabbit turned the tables on Wiley Wolf. So he ventured a question. "Honey, what kinder tales does you like?"

"Oh, I like them all," replied the little boy, "only some are nicer than the others;" and then, without waiting for an invitation, he told Uncle Remus the story of Cinderella. He told it very well for a small chap, and Uncle Remus pretended to enjoy it, although he had heard it hundreds of times.

"It 's a mighty purty tale," he said. "It 's so purty dat you dunner whedder ter b'lieve it er not. Yit I speck it 's so, kaze one time in forty-lev'm hundred matters will turn out right een' upperds. Now, de creeturs never had no god-m'ers; dey des hatter scuffle an' scramble an' git 'long de bes' way dey kin."

"But they were very cruel," remarked the little boy, "and they told stories."

"When it come ter dat," Uncle Remus replied, "de creeturs ain't much ahead er folks, an' yit folks is got preachers fer ter tell um when deyer gwine wrong. Mo' dan dat, dey got de Bible; an' yit when you git a little older, you 'll wake up some fine day an' say ter yo'se'f dat de creeturs is got de 'vantage er folks, spite er de fack dat dey ain't know de diffunce 'twix' right an' wrong. Dey got ter live 'cordin' ter der natur', kaze dey ain't know no better. I had in min' a tale 'bout Brer Rabbit an' de chickens, but I speck it 'd hurt you' feelin's."

The little boy said nothing for some time; he was evidently expecting Uncle Remus to go ahead with his story. But he was mistaken about this, for when the old man broke the silence, it was to speak of something trivial or commonplace. The child, in spite of the training to which he had been subjected, retained his boy's nature. "Uncle Remus," he said, "what about Brother Rabbit and the chickens?"

"Which Brer Rabbit wuz dat, honey?" he asked with apparent surprise.

"You said something about Brother Rabbit and the chickens."

"Who? Me? I mought er said sump'n 'bout um day 'fo' yistiddy, but it done gone off 'n my min'. I done got so ol' dat my min' flutters like a bird in de bush."

"Why, you said that there was a tale about Brother Rabbit and the chickens, but if you told it, my feelings would be hurt. You must think I am a girl."

Uncle Remus laughed. "Not ez bad ez dat, honey; but I 'm fear'd youer monstous tetchous. I 'll tell you de tale, an' den you kin tell it ter yo' pa, kaze it 's one he ain't never hear tell 'bout.

"Well, den, one time, 'way back yander dey wuz a man what live neighbor ter de creeturs. Dey wa' n't nothin' quare 'bout dis Mr. Man; he wuz des a plain, eve'yday kinder man, an' he try ter git 'long de best he kin. He ain't had no easy time, needer, kaze 'twant den like 'tis now, when you kin take yo' cotton er yo' corn ter town an' have de money planked down fer you.

"In dem times dey wa' n't no town, an' not much money. What folks dey wuz hatter git 'long by swappin' an' traffickin'. How dey done it, I 'll never tell you, but do it dey did, an' it seem like dey wuz in about ez happy ez folks is deze days.

"Well, dish yer Mr. Man what I 'm a-tellin' you 'bout, he had a truck patch, an' a roas'in-year patch, an' a goober patch. He grow'd wheat an' barley, an' likewise rye, an' kiss de gals an' make um cry. An' on top er dat, he had a whole yard full er chickens, an' dar 's whar de trouble come in. In dem times, all er de creeturs wuz meat-eaters, an' twuz in about ez much ez dey kin do, an' sometimes a little mo', fer ter git 'long so dey won't go ter bed hongry. Dey got in de habit er bein' hongry, an' dey ain't never git over it. Look at Brer Wolf — gaunt; look at Brer Fox

— gaunt! Dey ain't never been able fer ter make deyse'f fat.

"So den, ez you see um now, dat de way dey wuz in dem days, an' a little mo' so. Mr. Man, he had chickens, des like I tell you. Hens ez plump ez a pa'tridge; pullets so slick dey 'd make yo' mouf water, an' fryin'-size chickens dat look like dey want ter git right in de pan. Now, when dat 's de case, what you reckon gwineter happen? Brer Wolf want chicken, Brer Fox want chicken, an' Brer Rabbit want chicken. An' dey ain't got nothin' what dey kin swap fer um. In deze days dey 'd be called po', but I take notice dat po' folks gits des ez hongry ez de rich uns — an' hongrier, when it comes ter dat; yes, Lord! lots hongrier.

"Well, de creeturs got mighty frien'ly wid Mr. Man. Dey 'd call on 'im, speshually on Sundays, an' he ain't had no better sense dan ter cluck up his chickens des ter show um what a nice passel he had. When dis happen, Brer Wolf under-jaw would trimble, an' Brer Fox would dribble at de mouf same ez a baby what cuttin' his toofies. Ez

"Went off home des ez gayly ez a colt in a barley patch"

fer Brer Rabbit, he 'd des laugh, an' nobody ain't
know what he laughin' at. It went on dis way twel
it look like natur' can't stan' it, an' den, bimeby,
one night when de moon ain't shinin', Brer Rab-
bit take a notion dat he 'd call on Mr. Man; but
when he got ter de place, Mr. Man done gone ter
bed. De lights wuz all out, an' de dog wuz quiled
up un' de house soun' asleep.

"Brer Rabbit shake his head. He 'low, 'Sholy
dey 's sump'n wrong, kaze allers, when I come,
Mr. Man call up his chickens whar I kin look at
um.' I dunner what de matter wid 'im. An' I
don't see no chickens, needer. I boun' you
sump'n done happen, an' nobody ain't tell me de
news, kaze dey know how sorry I 'd be. Ef I
could git in de house, I 'd go in dar an' see ef
ever'thing is all r'ght; but I can't git in.'

"He walk all 'roun', he did, but he ain't see
nobody. He wuz so skeer'd he'd wake um up dat
he walk on his tippy-toes. He 'low, 'Ef Mr. Man
know'd I wuz here, he 'd come out an' show me
his chickens, an' I des might ez well look in an'
see ef deyer all right.' Wid dat he went ter de

chicken-house an' peep in, but he can't see nothin'. He went ter de door, an' foun' it on-locked. Brer Rabbit grin, he did, an' 'low, 'Mr. Man mos' know'd dat I 'd be 'long some time ter-day, an' done gone an' lef' his chicken-house open so I kin see his pullets — an' he know'd dat ef I can't see um, I 'd wanter feel um fer ter see how slick an' purty dey is.'

"Brer Rabb t slap hisse'f on de leg an' laugh fit ter kill. He ain't make fuss nuff fer ter wake Mr. Man, but he woke de fat hens an' de slick pullets, an' dey ax one an'er what de name er goodness is de matter. Brer Rabbit laugh an' say ter hisse'f dat ef he 'd 'a' brung a bag, it 'd make a good overcoat fer four er five er de fat hens, an' six er sev m er de slick pullets. Den he 'low, 'Why, what is I thinkin' 'bout? I got a bag in my han', an' I fergit dat I had it. It 's mighty lucky fer de chickens dat I fotch it, kaze a little mo' — an' dey 'd 'a' been friz stiff!' So he scoop in de bag ez many ez he kin tote. He 'low, 'I 'll take um home an' kinder git um warm, an' ter-morrer Mr. Man kin have um back — ef he want um,' an' wid dat,

he mighty nigh choke hisse'f tryin' fer ter keep
fum laughin'. De chickens kinder flutter, but dey
ain't make much fuss, an' Brer Rabbit flung de
sack 'cross his shoulders an' went off home des
ez gayly ez a colt in a barley patch."

"Would n't you call that stealing, Uncle Re-
mus?" inquired the little boy very seriously.

"Ef Brer Rabbit had 'a' been folks, it 'd be
called stealin', but you know mighty well dat de
creeturs dunno de diffunce 'twix' takin' an' steal-
in'. When it come ter dat, dey 's a-plenty folks
dat ain't know de diffunce, an' how you gwineter
blame de creeturs?" Uncle Remus paused to see
what comment the little boy would make, but he
was silent, though it is doubtful if he was satis-
fied.

"Brer Rabbit tuck de chickens on home, he
did, an' made way wid um. Now, dat wuz de las'
er de chickens, but des de beginnin's er de feath-
ers. Ol' Miss Rabbit, she wanter burn um in de
fier, but Brer Rabbit say de whole neighborhood
would smell um, an' he 'low dat he got a better
way dan dat. So, nex' mornin' atter brekkus, he

borried a bag fum ol' Brer Wolf, an' inter dis he
stuff de feathers, an' start off down de road.

"Well, suh, ez luck would have it, Brer Rab-
bit hatter pass by Brer Fox house, an' who should
be stannin' at de gate wid his walkin'-cane in
han', but Brer Fox? Brer Fox, he fetched a bow,
wid, 'Brer Rabbit, whar you gwine?' Brer Rab-
bit 'low, 'Ef I had de win', Brer Fox, I 'd be
gwine to mill. Dish yer's a turrible load I got, an'
I dunner how soon I 'll gi' out. I ain't strong
in de back an' limber in de knees like I useter be,
Brer Fox. You may be holdin' yo' own, an' I
hope you is, but I 'm on de down grade, dey ain't
no two ways 'bout dat.' Wid dat, he sot de bag
down by de side er de road, an' wipe his face wid
his hankcher.

"Brer Fox, he come on whar Brer Rabbit wuz
a-settin' at, an' ax ef it 's corn er wheat. Brer
Rabbit 'low dat tain't na'er one; it 's des some
stuff dat he gwine ter sell ter de miller. Brer Fox,
he want ter know what 'tis so bad he ain't know
what ter do, an' he up an' ax Brer Rabbit p'int-
edly. Brer Rabbit say he fear'd ter tell 'im kaze

de truck what he got in de bag is de onliest way
he kin make big money. Brer Fox vow he won't
tell nobody, an' den Brer Rabbit say dat bein'
ez him an' Brer Fox is sech good frien's —
neighbors, ez you might say — he don't min'
tellin' 'im, kaze he know dat atter Brer Fox done
prommus, he won't breave a word 'bout it. Den
he say dat de truck what he got in de bag is roots
er de Winniannimus grass, an' when dey er groun'
up at de mill, dey er wuff nine dollars a poun'.

"Dis make Brer Fox open his eyes. He felt de
heft er de bag, he did, an' he say dat it 's mighty
light, an' he dunner what make Brer Rabbit pant
an' grunt when 'tain't no heftier dan what it is.

"Brer Rabbit 'low dat de bag wouldn't 'a' felt
heavy ter him ef he wuz big an' strong like Brer
Fox. Dat kinder talk make Brer Fox feel biggity,
an' he 'low dat he'll tote de bag ter mill ef Brer
Rabbit feel like it 's too heavy. Brer Rabbit say
he 'll be mighty much erbleeged, an' be glad fer
ter pay Brer Fox sump'n ter boot. An' so, off dey
put down de road, Brer Fox a-trottin' an' Brer
Rabbit gwine in a canter.

"Brer Fox ax what dey does wid de Winnian-nimus grass atter dey gits it groun' up at de mill. Brer Rabbit 'low dat rich folks buys it fer ter make Whipmewhopme puddin'. Brer Fox say he 'll take some home when de miller git it groun' an' see how it tas'es, an' Brer Rabbit say he 's mo' dan welcome. Atter dey been gwine on some little time, Brer Rabbit look back an' see Mr. Man a-comin', an' he say ter Brer Fox, sezee, 'Brer Fox, you is de outdoinist man I ever is see. You done got me plum' wo' out, an' I 'm bleeze ter take a res'. You go on an' I 'll ketch up wid you ef I kin; ef not, des wait fer me at de mill.' Brer Fox 'low, 'Shucks, Brer Rabbit! you ain't 'quainted wid me; you dunner nothin' 'tall 'bout me. I kin go on dis away all day long an' half de night.' Brer Rabbit roll his big eyes, an' say, 'Well, suh!'

"An' den he sot down by de side er de road, an' 'twuz all he kin do fer ter keep fum bustin' out in a big laugh.

"Bimeby, Mr. Man come 'long an' say, 'Who dat wid de big bag on his back?' Brer Rabbit

make answer dat it 's Brer Fox. Mr. Man say,
'What he got in his bag?' Brer Rabbit 'low, 'I
ax 'im, an' he say it 's some kinder grass what he
takin' ter de mill fer ter git groun', but I seed mo'
dan one chicken feather stickin' ter de bag.' Mr.
Man say, 'Den he 's de chap what tuck an' tuck
my fat hens an' my slick pullets, an' I 'll make
'im sorry dat he yever is see a chicken.'

"Wid dat he put out atter Brer Fox, an' Brer
Rabbit, he put out too, but he stay in de bushes,
so dat nobody can't see 'im. Mr. Man he cotch
up wid Brer Fox, an' ax 'im what he got in de
bag. Brer Fox say he got Winniannimus grass
what he gwineter have groun' at de mill. Mr.
Man say he wanter see what Winniannimus grass
look like. Brer Fox sot de bag down an' say dat
when it 's groun' up de rich folks buys it fer ter
make Whipmewhopme puddin'. Mr. Man open
de bag, an' dey wa' n't nothin' in it but chicken
feathers. He 'low, 'Whipmewhopme puddin'!
I 'll whip you an' whop you,' an' wid dat he grab
Brer Fox in de collar, an' mighty nigh frailed de
life out'n 'im.

"Brer Rabbit seed it well done, an' he des fell down in de bushes an' roll an' laugh twel he can't laugh no mo'."

"Well, I don't see why he should think it was funny," the little boy remarked.

Uncle Remus looked hard at this modern little boy before he answered: "Maybe you dunno Brer Fox, honey; I don't speck you hear talk er de way he try ter git de inturn on Brer Rabbit. But on top er dat, Brer Rabbit wuz so ticklish dat mos' anything would make 'im laugh. It sholy wuz scan'lous de way Brer Rabbit kin laugh."

"'Brer Rabbit, whar you gwine?'"

V

LITTLE MISTER CRICKET AND THE OTHER
CREATURES

UNCLE REMUS was very anxious to
know what the child thought about
the story of Brother Rabbit and the
chicken feathers, but he made no inquiries; he
was willing to let the youngster's preferences
show themselves without any urging on his part.

When the little boy did speak, he made no ref-
erence to Brother Rabbit and the chicken feath-
ers: his thoughts were elsewhere. "Uncle Re-
mus," he said, "I never saw a cricket. What do
they look like?"

"You ain't never see no cricket!" exclaimed
Uncle Remus, with a great display of amaze-
ment. "Well, dat bangs my time! What yo' ma
an' pa — speshually yo' pa — what dey been
doin' all deze lonesome years dat they ain't never

show'd you no cricket? How dey speck you ter
git 'long in de worl' ef dey ain't gwine ter tell you
'bout de things you oughter know, an' show you
de things dat you oughter see? You ain't never
see no cricket, an' here you is mos' ready ter
shave off de down on your face!"

The child blushed. "Why, I have no down on
my face, Uncle Remus," he protested.

"Well, you will have some er deze days, an'
den what will folks think uv a great big man
what ain't never seed no cricket?"

"Mother has never seen one," replied the little
boy, somewhat triumphantly.

"She 's a lady," Uncle Remus explained, "an'
dat's diffunt. She been brung up in 'Lantamatan-
tarum, an' I speck she' d fall down an' faint ef
she wuz ter see one. Folks ain't like dey use ter
be; in my day an' time, ef man er boy wuz ter say
dat he ain't never seed no cricket, dem what he
tol' de news ter would git up an' go 'way fum 'im;
but deze days I boun' you dey 'd huddle up close
'roun' 'im, an' j'ine in wid 'im, an' say dey ain't
never is seed one nudder."

"If you had never seen one, you would n't talk that way, Uncle Remus," remarked the little boy quite seriously. "How can I help myself, if I have never seen one? It is n't my fault, is it?"

"Tooby sho' it ain't, honey. Nobody ain't blamin' you. Yit when I see a great big boy what ain't never seed no cricket, I bleeze ter ax myse'f whar he come fum an' what he been doin'. I boun' ef you 'd 'a' been wid yo' gran'mammy an me you 'd 'a' seed crickets twel you got tired er seein' um. Dat 's de kinder folks we-all is. 'T ain't no trouble ter we-all ter show chillun what dey oughter see. I bet you, you' pa know'd what a cricket wuz long 'fo' he wuz ol' ez you is. Dey wa' n't nothin' fer ter hender 'im. Miss Sally des turned 'im over ter me, an' say, 'Don't let 'im git hurted,' an' dar he wuz. Ef he ain't seed all dey wuz ter be seed, it 'uz kaze it 'uz in a show, an' de show in town whar he can't git at it. Dat 's de way we done wid him, an' dat 's de way I 'd like ter do wid you. It 's a mighty pity you wa' n't brung up here at home, stidder up dar in 'Lantamatantarum, whar dey ain't nothin' 'tall but

dust, an' mud, an' money. De folks up dar ain't
want de mud an' dust, an' de mo' dey wash it off
de mo' dey gits on um; but dey does want de
money, an' de mo' dey scuffles fer it, de mo' dey
has ter scuffle."

"Is a cricket like a grasshopper, Uncle Re-
mus?" inquired the little boy, who took no in-
terest in the old man's prejudice against Atlanta.

"Dey mos'ly is, an' den ag'in dey mos'ly ain't.
Befo' de time dat ol' Grandaddy Cricket kick
down de chimbley, dey wa' n't no mo' like grass-
hoppers dan I 'm like a steer, but atter dat, when
he git his knees on wrongsudouterds, dey sorter
look like grasshoppers 'cepin' when you look at
um right close, an' den dey don't look like um.

"Dey got lots mo' sense dan de yuther crawlin'
an' hoppin' creeturs. Dey ought not ter be put
wid de hoppin' creeturs, kaze dey don't b'long
wid 'um, an' dey would n't be a-hoppin' in deze
days ef ol' Grandaddy Cricket had n't 'a' got
cripple' when he kick de chimbley down. In de
times when ol' Boss Elephant, an' Brer Lion, an'
Brer Tiger wuz meanderin' roun' in deze parts,

little Mr. Cricket wuz on mighty good terms wid um. Ez dey say er folks, he stood mighty well whar dey know'd 'im — mighty well — an' he wuz 'bout de sharpes' er de whole caboodle, ef you 'll leave out de name er Brer Rabbit.

"It come 'bout one time dat de creeturs wuz all sunnin' deyse'f — it mought er been Sunday fer all I know — an' dey des stretch out an' sot an' sot roun' lickin' der chops, an' blinkin' der eyes, an' combin' der ha'r. Mr. Elephant wuz swingin' hisse'f backerds an' forerds, an' flingin' de san' on his back fer ter keep off de flies, an' all de res' wuz gwine on 'cordin' ter der breed an' need.

"Ef you 'll watch right close, honey, you' ll fin' out fer yo'se'f dat when folks ain't got much ter do, an' little er nothin' fer ter talk 'bout, dey 'll soon git ter braggin', an' dat 's des de way wid de creeturs. Brer Fox start it up; he say, 'Gents, 'fo' I fergit it off 'n my min', I wanter tell you dat I 'm de swiffes' one in dis bunch.' Mr. Elephant wink one er his little eyeballs, an' fling his snout in de a'r an' whispered — an' you mought 'a' hearn dat whisper a mile — 'I 'm de strenkiest; I wanter call yo' 'tention ter dat.' Mr. Lion shuck his mane an' showed his tushes. He say, 'Don't fergit dat I 'm de King er all de creetur tribe.' Mr. Tiger stretched hisse'f an' gap'd. He say, 'I 'm de purtiest an' de mos' servigrous.'

"Fum one ter de yuther de braggin' went roun'. Ef 'twant dis it uz dat, an' ef 'twant dat, 'twuz de yuther. Dey went on so twel bimeby little Mr. Cricket chirped up an' say he kin make all un um run dey heads off, fum ol' Mr. Elephant down ter de las' one. Dey all laugh like it 's a good joke, an' Brer Fox he 'low dat he had de idee dat dey wuz all doin' some monstus tall braggin', but Mr. Cricket wuz away ahead er de whole gang, an' den he say, 'How you gwineter begin fer ter commence fer ter do all deze great deeds an' didoes?' Mr. Cricket say, 'Des gi' me time; gi' me time, an' yo 'll all hear fum me — yo'll hear, but you won't stop fer ter lis'n', an' den he work his jaws fer all de worl' like Brer Rabbit does when he 's chawin' terbacker.

"Now, ol' Brer Rabbit know'd dat Mr.

"Brer Fox, say, 'Gents,   .   .   I wanter tell you dat I'm de swiffes' one in dis bunch'"

Cricket wuz up ter some sharp trick er n'er, an' so he wait twel he kin have a confab wid 'im. He ain't had long ter wait, kaze Mr. Crickley Cricket make up his min' dat Brer Rabbit wuz de one what kin he'p him out. Dey bofe wanter see one an'er, an' when dat 's de case, dey ain't much trouble 'bout it. Dey soon got off by dey-se'f, an' Brer Rabbit 'low dat Mr. Cricket got a mighty big job on his han's, an' Mr. Cricket, he say it 's sech a big job dat he can't git thoo wid it less'n Brer Rabbit will he'p 'im out. Mr. Cricket say 't ain't much he gwine ter ax er Brer Rabbit, but little ez 'tis, he bleeze ter ax it. Brer Rabbit look at 'im right hard an' twis' his mustache. 'Out wid it, Mr. Cricket; out wid it, an' I 'll see ef I kin he'p you out. But I want you ter take notice dat all de yuthers is got a crow fer ter pick wid me, on account er de way I been doin'.'

Mr. Cricket chirp up, 'So I hear, Brer Rabbit — so I hear,' an' den he went on fer ter tell Brer Rabbit what he want 'im ter do. Brer Rabbit laugh, he did, an' say, 'Ef dat 's all you want, Mr. Cricket, you kin count me in, kaze I laid off fer

ter he'p you lot's mo' dan dat — lots mo'.' **Mr.**
Cricket say dat 'll be de greates' plenty, an' wid
dat dey went off home fer ter kinder res' deyse'f,
but not 'fo' dey fix on a day when dey 'll have
time fer ter work der trick on de yuther creeturs.

"Dey 'greed on de day, an' dat day dey met,
an' atter colloguin' tergedder, off dey put ter de
place whar dey 'spected ter fin' de yuther cree-
turs. De fust one dey meet wuz ol' Mr. Elephant.
Dey pass de time er day, dey did, an' Brer Rabbit
say he got bad news. Mr. Elephant flung up his
snout like he 'stonish'd, an' swung backerd an'
forerds like he 'bout ter cry. Brer Rabbit 'low dat
de win' blow'd a hick'y-nut down right 'pon top
er Mr. Cricket an' cripple 'im so he can't go
home, an' he ax ef Mr. Elephant won't tote 'im ez
fur ez he kin. Mr. Elephant say tooby sho' he will
an' be glad in de bargain, an' so he kneel down,
he did, an' let Mr. Cricket crawl on his back.

"But Mr. Cricket crawl furder dan de back;
he crawl on Mr. Elephant neck, an' den inter his
y'ear. Dis whar he wanter git, an' soon ez he got
settle, he flutter his wings right fas' an' Mr. Ele-

"Mr. Elephant went splungin' thoo de woods same ez a harrycane"

phant think de win' is blowin' thoo de trees. Mr.
Cricket flutter his wings harder, an' Mr. Ele-
phant think dey 's a storm comin' up. He splunge
thoo de bushes, he did, an' ef Mr. Cricket had n't
'a' been inside his year, he 'd 'a' been knocked
off by de lim's er de trees. Ez 'twuz, he sot back
an' laugh, an' say ter hisse'f dat Mr. Elephant
ain't hear nothin' 'tall ter what he will hear.

"Wid dat, he chune up his whistle, an' started
fer ter blow on it. He blow'd kinder low ter begin
wid, an' den he 'gun ter git louder. An' de louder
he got de mo' he skeer'd Mr. Elephant, an' he
went splungin' thoo de woods same ez a harry-
cane. He went so fas' dat he come mighty nigh
runnin' over King Lion whiles he wuz talkin' ter
ol' Brer Tiger. He ain't hear 'um say, 'Mr.
Elephant, whar you gwine?' but he stop right
whar dey wuz an' 'gun ter turn roun' an' roun'.
King Lion ax 'im what de matter, an' Mr. Ele-
phant say he b'lieve he gwine ravin' 'stracted. He
'low, 'I got a singin' an' a whistlin' in one er my
years, an' I dunner which un it 's in. Don't you-
all hear it?'

"Dey lis'n, dey did, an' bless gracious, dey kin hear it. Ol' King Lion look like he 'stonished. He say, 'It soun's fer all de worl', Mr. Elephant, like you des 'bout ter bile over, an' ef dat 's what yer gwine ter do, I wanter be out 'n de way — clean out 'n de way.'

"Mr. Elephant turn roun' an' roun', he did, an' ef he 'd 'a' been light-headed like some folks I knows, he 'd 'a' drapt right dar. Mr. Cricket watch his chance, an' when Mr. Elephant got nigh ter King Lion, he tuck a flyin' jump an' lit right in King Lion's mane, an' 'twant long 'fo' he made his way ter de year. But while he wuz makin' his way dar Mr. Elephant stopped whirl-in' roun'; he stop an' lis'n, he did, an' he ain't hear nothin'; he lis'n some mo' an' still he ain't hear nothin'. He say, 'I b'lieve in my soul dat I 'm kyo'd! I 'm mighty glad I met you-all, kaze I know one un you is a doctor, an' ever which un it is, he sho' has done de work.'

"By dis time, Mr. Cricket had got in King Lion year, an' 'twant long 'fo' he start up his whistlin'. He whistle low fer ter start wid, an'

King Lion hol' his head sideways an' lis'n. He say, 'I still hears it, Mr. Elephant, an' ef youer kyo'd I done cotch de thing you had.' Mr. Cricket went a little louder, an' King Lion 'gun ter back off like he had business ter ten' ter. Mr. Tiger say, 'Whar you gwine? I hope you ain't skeer'd er Brer Elephant, kaze he ain't gwineter hurt you. Ef you gwine any whar, you better turn 'roun' an' go right.'

"But King Lion ain't pay no 'tention ter Mr. Tiger; he des back off, he did, an' wave his tail an' shake his mane. Mr. Cricket 'gun ter whistle louder an' flutter his wings, an' make um zoon like a locus'. King Lion say, 'I hear de win' a-blowin' an' I better git home ter my wife an' chillun,' an' off he put, runnin' like he wuz gwine atter de doctor. Mr. Tiger laugh, an' say dat some folks is so funny he dunner what ter make un um. Dey stayed dar confabbin', an' bimeby dey hear a fuss, an' here come King Lion gwine ez hard ez he kin. Tryin' fer ter git away fum de fuss in his year, he had run all roun' twel he come back ag'in ter whar he start fum. He

had his tongue out, an' his tail wuz droopin'; he
wuz mighty nigh wo' out.

"He say, 'Heyo! what you-all doin' here? I
had de idee dat I lef' you back yander whar I
come fum.' Mr. Elephant 'low, 'We ain't skacely
move out 'n our tracks. You run away an' lef' us,
an' here you is back; what de name er goodness
is de matter wid you?' King Lion say, 'I done
got a whistlin' in my head, an' look like I can't
'scape fum it. It 's in dar yit, an' I dunner what
I 'm gwine ter do 'bout it.' Mr. Elephant say,
'Do like I done — stan' it de bes' you kin.' Brer
Tiger 'low, 'I hear it, an' it soun' zactly like you
wuz 'bout ter bile over, an' when you does I
wanter be out 'n de way.'

"By dat time little Mr. Cricket had done made
a flyin' jump an' lit on Mr. Tiger, an' 'twant
long 'fo' he wuz snug in Mr. Tiger year. Mr.
Tiger lis'n, he did, an' den he 'gun ter back off
an' wave his tail. Mr. Elephant swing his snout,
an' say, 'What de matter, Mr. Tiger? I hope you
ain't thinkin' 'bout leavin' us.' But Mr. Tiger
wuz done gone. He des flit away. Long 'bout dat

time, Mr. Rabbit come lopin' up, laughin' fit ter kill. He 'low, 'Brer Cricket say he gwine ter make you-all run an' dat 's des what he done. Bofe un you been runnin' kaze I see you pantin', an' ef you 'll des wait here, Mr. Cricket will fetch Mr. Tiger back safe an' soun',' an' dey ain't had ter wait long, nudder, kaze bimeby, here come Mr. Tiger, tongue out an' tail a-droopin'. He say, 'Hello! how come you-all ter outrun me? I got de idee dat you wuz back yander in de woods whar I come fum,' an' den dey got ter laughin' at 'im, an' dey laugh twel dey can't laugh no mo'. Mr. Cricket jump outer Mr. Tiger's year, an' git in de grass, an' bimeby he show hisse'f.

"He come close up wid a 'Howdy do, gents?' an' dey pass de time day wid 'im. Bimeby Mr. Elephant 'low, 'Mr. Cricket, ain't you say de yuther day dat you wuz gwineter make we-all run?' an' Mr. Cricket, he make answer, 'Why, I would n't talk 'bout runnin' ef I 'd been runnin' same ez what you been doin'.' Mr. Elephant swing his snout kinder slow an' say, 'How you know I been runnin'?' Mr. Cricket 'low, 'I know bekaze ef I had n't er helt on monstus tight, I 'd 'a' fell off; mo' dan dat, ef I had n't er stopped singin' an' whistlin' you 'd 'a' been runnin' yit.' Mr. Elephant shot his two little eyes, an' say, 'Well, suh!'"

"What did the others do?" the little boy inquired, when he was sure that the story was ended.

"Dey mos'ly got 'way fum dem parts, kaze dey wuz skeer'd Mr. Cricket would git on um ag'in. King Lion say he got ter look atter some fresh meat what he got, Mr. Elephant say he bleeze ter go an' cut some grass, an' Mr. Tiger 'low dat he got ter hunt up some vittles fer his fambly. An' ez fer Mr. Cricket, he clomb on Brer Rabbit's back, an' dey mosied off somers, I dunner whar. All I know is dat dey giggle ez dey went."

VI

WHEN BROTHER RABBIT WAS KING

ONE afternoon, while Uncle Remus was sitting in the sun, he felt so comfortable and thankful for all the blessings that he enjoyed, and for those that he had seen others enjoy, that he suddenly closed his eyes; and he had no sooner done so than he drifted across the dim and pleasant borderland that lies somewhere between sleeping and waking. He must have drifted back again immediately, for it seemed that he was not so fast asleep that he was unable to hear the sound of stealthy footsteps somewhere near him. Instantly he was on the alert, but still kept his eyes closed. He knew at once that the little boy was trying to surprise him. The lad had improved much in health since coming to the plantation, and with the growth of his strength had come a certain degree of boisterousness that his mother thought was somewhat unusual, but which his grandmother and Uncle Remus knew was the natural result of good health.

By opening one eye a trifle, Uncle Remus could watch the youngster, who was creeping, Indian-like, upon him, and this gave the old negro an immense advantage, for just as the little boy was about to jump at him, Uncle Remus straightened himself in his chair and uttered a blood-curdling yell that would have alarmed a much larger and older person than the lad. As a matter of fact, the little fellow was almost paralyzed with fright, and for a moment or two could hardly get his breath.

"Why, what in the world is the matter with you, Uncle Remus?" he asked as soon as he could speak.

"Wuz dat you comin' 'long dar, honey?" said Uncle Remus, by way of response. "Well, ef 'twuz, you kin des go up dar ter de big house an' tell um all dat you saved my life, kaze dat what you done. Dey ain't no tellin' what would 'a' happen ef you had n't 'a' come creepin' 'long an'

woke me up, kaze whiles I wuz dozin' dar I wuz
on a train, an' de bullgine look like it wuz runnin'
away. 'Twant one er deze yer 'commydatin'
trains, kaze de man what tuck up de tickets say
he wa' n't in no hurry fer ter see how fur any-
body gwine; dey wuz all boun' fer de same place,
an' when dey got dar dey 'd know it. De kyars
wuz lined wid caliker, an' de brakeman wuz
made out 'n straw. It went on, it did, an' de bull-
gine run faster an' faster twel it run so fast you
could n't hear it toot fer brakes, an' des 'bout de
time dat eve'ything wuz a gittin' smashed up,
here you come an' wokened me — an' a mighty
good thing, kaze ef I 'd 'a' stayed on dat train
dey would n't 'a' been 'nough er me left fer de
congergation ter sing a song over. I 'm mighty
thankful dat dey 's somebody got sense 'nough
fer ter come 'long an' skeer me out er my
troubles."

This statement was intended to change the
course of the little boy's thoughts — to cause him
to forget that he had been frightened — and it
was quite successful, for he began to talk about

dreams in general, telling some peculiar ones of
his own, such as children have.

"Talkin' 'bout dreams," remarked Uncle Re-
mus, "it put me in min' er de man what been
sick off an' on, an' he hatter be mighty keerful er
his eatin'. One night he had a dream. It seemed
like dat somebody come 'long an' gi' him a great
big hunk er ol' time ginger-cake, an' it smell so
sweet an' taste so good dat he e't 'bout a poun'.
He wuz eatin' it in his sleep, but de dream wuz
so natchal dat de nex' mornin' dey hatter sen' fer
de doctor, an' 'twuz e'en 'bout all dey could do
fer ter pull 'im thoo. De doctor gun 'im all de
truck what he had in his saddle-bags, an' 'low
dat he b'lieve in his soul he 'd hatter sen' fer mo',
an' den atter dat he tuck an' lay down de law ter
de man. He say dat whatsomever else he mought
do, he better not eat no ginger-cakes in his
dreams, kaze de next un 'ud be sho' fer ter take
'im off spite er all de doctor truck in de roun'
worl'."

Then the little boy told of a dream he had had.
It seems that he had slipped into the pantry,

when no one was looking, and had taken a piece of apple-pie. It was n't stealing, he said, for he knew that if he asked his grandmother for a piece she would have given it to him; but he didn't want to bother her while she was talking to the sewing-woman, and so he just went in the pantry and got it for himself. Perhaps he took a larger piece than his grandmother would have given him, but he had nothing to measure it by, and so he was compelled to guess how much she would have given him.

"I boun' you stretched yo' guesser, honey," said Uncle Remus dryly.

The child admitted with a laugh that perhaps he had, and he was very sorry of it afterwards, for when he went to bed he dreamed that something scratched at his door and made such a fuss that he was obliged to get up and let it in. He did n't wait to see what it was, but just flung the door open, and ran and jumped back in bed, pulling the cover over his head. In the dream he lay right still and listened. Everything was so quiet that he became curious, and finally ventured to look out

from under the cover. Well, sir, the sight that he
saw was enough, for between the door and the
bed a big black dog was lying. He seemed to be
very tired, for his tongue hung out long and red,
and he was panting as though he had come a
long way in a very short time.

Uncle Remus groaned in sympathy. The black
dog that gallops through a dream with his tongue
hanging out was one of his familiars. "I know
dat dog," he said. "He got a bunch er white on
de een' er his tail, an' his eyeballs look like dey
green in de dark. You call him an' he 'll growl,
call him ag'in, an' he 'll howl. I 'd know dat dog
ef I wuz ter see him in de daytime — I 'd know
him so well dat I 'd run an' ax somebody fer ter
please, suh, wake me up, an' do it mighty
quick."

The little boy did n't know anything about
that; what he did know was that the dog in his
dream, when he had rested himself, jumped up
on the bed, and began to nose at the cover, and he
seemed to get mad when he failed to pull it off
the little boy. He tried and tried, and then he

seized a corner of the counterpane, or the spread, or whatever you call it, and shook it with his teeth. When he grew tired of this, the little boy could hear him smelling all about over the bed, and then he knew the creature was hunting for the piece of apple-pie.

Uncle Remus agreed with the child about this. "'Cordin' ter my notion," he said, "when folks slip 'roun' an' take dat what don't b'long ter um er dat what dey ought n't ter have by good rights, de big black dog is sho' ter come 'roun' growlin' an' smellin' atter dey goes ter bed. Dey ain't no two ways 'bout dat. Dey may not know it, dey may be too sleepy fer ter see 'im in der dreams, but de dog's dar. Mo' dan dat, dogs will growl an' smell 'roun' ef deyer in dreams er outer dreams. Dey got in de habits er smellin' 'way back yander in de days when ol' Brer Rabbit had tooken de place er de King one time when de King wanter go off down de country fishin'.'"

The little boy seemed to be very much interested in this information, but while they were speaking of this curious habit that is common to dogs,

a hound that had been raised on the place came
into view. He was going at a gallop, as if he had
important business to attend to, but when he had
galloped past a large tree, he paused suddenly,
and turned back to investigate it with his nose;
and though he was entirely familiar with the tree,
it seemed to be new to him now, for he smelled
all around the trunk of it and was apparently
much perplexed. Whatever information he re-
ceived was sufficient to cause him to forget all
about the business that had caused him to come
galloping past the tree, for when his investiga-
tion had ended, he turned about and went back
the way he had come.

"Now, you see dat, don't you?" exclaimed
Uncle Remus, with some show of indignation.
"Ain't it des a little mo' dan you wanter stan'?
Here he come, gwine, I dunner whar, des a-
gallin'-up like he done been sent fer. He come ter
dat ar tree, he did, an' went on by — spang by!
— an' den 'fo' you kin bat yo' eyeball, whiff, he
turn roun' an' go ter smellin' at de tree, des like
he ain't never seed it befo'; an' he must 'a' got

some kind er news whar he smellin' at, kaze atter
he smell twel it look like he gwineter smell de
bark clean off, he fergit all 'bout whar he gwine,
an' tuck his tail an' go on back whar he come
fum. Maybe you know sump'n 'bout it, honey —
you an' de balance er de white folks, but me —
I'm bofe blin' an' deff when it come ter tellin' you
what de dog foun' out. I may know what make
'im smell at de tree, but what news he got I never
is ter tell you."

"Well, you know you said that dogs got in the
habit of smelling away back yonder when old
Brother Rabbit took the place of the King, who
had gone fishing. I was wondering if that was a
story."

"Wuz you, honey?" Uncle Remus asked with
a pleased smile. "Well, you sho' is got a dump-
lin' eye fer de kinder tales what I tells. I b'lieve ef
I wuz ter take one er dem ol'-time tales an' skin it
an' drag de hide thoo de house an' roun' de lot —
ef I wuz ter do dat, I b'lieve you 'd open up on de
trail same ez ol' Louder follerin' on atter Brer
Possum; I sho' does!"

The child seemed to appreciate the compliment, and he laughed in a way that did the old negro a world of good. "I have found out one thing," said the little boy with emphasis. "Whenever you are hinting at a story, you always look at me out of the corner of your eye, and there's always a funny little wrinkle at the corner of your mouth."

"Well, suh!" exclaimed Uncle Remus, gleefully; "well, suh! an' me a-settin' right here an' doin' dat a-way 'fo' yo' face an' eyes! I never would 'a' 'speckted it. Peepin' out de cornder er my eyeball, an' a-wrinklin' at de mouf! It look like I mus' be gettin' ol' an' fibble in de min'." He chuckled as proudly as if some one had given him a piece of pound-cake of which he was very fond. But presently his chuckling ceased, and he leaned back in his chair with a serious air.

"I dunno so mighty well 'bout all de yuther times you talkin' 'bout, honey, but when I say what I did 'bout ol' Brer Rabbit takin' de place er der King, I sho' had a tale in my min'. I say tale, but I dunner what you 'll say 'bout it; you

kin name it atter you git it. Well, way back yan-
der, mos' 'fo' de time when folks got in de habits
er dreamin' dreams, dey wuz a King an' dish yer
King king'd it over all un um what wuz dar, mo'
speshually de creeturs, kaze what folks dey wuz
ain't know nothin' 'tall 'bout whedder dey need
any kingin' er not; look like dey did n't count.

"Well, dish yer King what I 'm a-tellin' you
'bout had purty well grow'd up at de business,
and de time come when he got mighty tired er
settin' in one place an' hol'in' a crown on his
head fer ter keep it fum fallin' on de flo'. He say
ter hisse'f dat he wanter git out an' git de fresh
a'r, an' have some fun 'long wid dem what he
been kingin' over. He 'low dat he wanter fix it so
dat he ain't a-keerin' whedder school keep er no,
an' he ax um all what de best thing he kin do.
Well, one say one thing an' de yuther say t' other,
but bimeby some un um chipped in an' say dat
de best way ter have fun is ter go fishin', an' dis
kinder hit de King right in de middle er his
notions.

"He jump up an' crack his heels tergedder, he

did, an' he say dat dat 's what he been thinkin'
'bout all de time. A-fishin' it wuz an' a-fishin'
he 'd go, ef his life wuz spar'd twel he kin git ter
de creek. An', wid dat, dey wuz a mighty stirrin'
roun' 'mongs' dem what he wuz a-kingin' over;
some un um run off ter git fishin'-poles, an'
some run fer ter dig bait, an' some run fer ter git
de bottle, an'
dar dey had it

"*Some run fer ter dig bait*"

— you 'd 'a' thunk dat all creation wuz gwine
fishin'."

"Uncle Remus," said the little boy, interrupting the old man, "what did they want with a bottle?"

The old man looked at the child with a puzzled expression on his face. "De bottle?" he asked with a sigh. "I b'lieve I did say sump'n 'bout de bottle. I dunner whedder it 'uz a long white bottle er a chunky black un. Dem what handed de tale down ter me ain't say what kinder one it wuz, an' I 'm fear'd ter say right short off dat it 'uz one er de yuther. We 'll des call it a plain, eve'y-day bottle an' let it go at dat."

"But what did they want with a bottle, Uncle Remus?" persisted the little boy.

"You ain't never been fishin', is you honey? An' you ain't never see yo' daddy go fishin'. All I know is dat whar dey 's any fishin' gwine on, you 'll fin' a bottle some'rs in de neighborhoods ef you 'll scratch about in de bushes. Well, de creeturs done like folks long 'fo' folks got ter doin' dat away, an' when dish yer King went a-fishin', he had ter have a bottle fer ter put de bait in.

"When eve'ything got good an' ready, an' de King wuz 'bout ter start off, ol' Brer Rabbit kinder hung his head on one side an' set up a snigger. De King, he look 'stonish an' den he 'low, 'What 's de joke, ol' frien'?' 'Well,' sez ol' Brer Rabbit, sezee, 'it look like ter me dat you 'bout ter go off an' fergit sump'n. 'Tain't none er my business, but I could n't he'p fum gigglin'.' De King, he say, 'Up an' out wid it, ol' frien'; le's hear de wust dey is ter hear.' Ol' Brer Rabbit, he say, sezee, 'I dunner ef it makes any diffunce, but who gwine ter do de kingin' whiles you gone a-fishin'?'

"Well, de King look like he wuz might'ly tuck back; he flung up bofe han's an' sot right flat in a cheer, an' den he 'low, 'I done got so dat I'm de fergittines' creetur what live on top er de groun'; you may hunt high an' low an' you won't never fin' dem what kin beat me a-fergittin'. Here I wuz 'bout fer ter go off an' leave de whole business at sixes an' sev'ms.' Ol' Brer Rabbit, he say, sezee, 'Oh, I speck dat would 'a' been all right; dey ain't likely ter be no harrycane, ner no fresh'

"*De King . . . sot right flat in a cheer*"

whiles you gone.' De King, he 'low, 'Dat ain't de thing; here I wuz 'bout ter go off on a frolic an' leave eve'ything fer ter look atter itse'f. What yo' reckon folks would 'a' said? I tell you now, dey ain't no fun in bein' a King, kaze yo' time ain't yo' own, an' you can't turn roun' widout skin-nin' yo' shins on some by-law er 'nother. 'Fo' I go, ef go I does, I got ter 'p'int somebody fer ter take my place an' be King whiles I 'm gone; an' ef 'twant dat, it 'd be sump'n' else, an' so dar you go year in an' year out.'

"He sot dar, he did, an' study an' study, an' bimeby he say, sezee, 'Brer Rab-

"Dey ain't no fun in bein' a King"

bit, s'posin' you take my place whiles
I'm g o n e? I'll
pay you well; all
you got to do is
ter set right
flat in a cheer
an' m a k e a
dollar a day.'
Ol' Brer
R a b b i t
say dat would
suit him mighty
well, k a z e h e
b l e e z e fer ter

"*When de King went a-fishin', he went de back way*"

have some money so he kin buy his ol' 'oman
a caliker dress. Well, it ain't take um long
fer ter fix it all up, an' so Brer Rabbit, he done
de kingin' whiles de King gone a-fishin'. He
made de job a mighty easy one, kaze stidder set-
tin' up an' hol'in' de crown on his head, he tied
some strings on it an' fix it so it 'd stay on his
head widout hol'in'.

"Well, when de King went a-fishin', he went

de back way, an' he ain't mo' dan got out de gate
twel ol' Brer Rabbit hear a big rumpus in de
front yard. He hear sump'n' growlin' an' howlin'
an' whinin', an' he ax what it wuz. Some er dem
what wait on de King shuck der heads an' say
dat ef de King wuz dar he would n't pay no
'tention ter de racket fer der longest; dey say dat
de biggest kind er fuss ain't 'sturb de King, kaze
he 'd des set right flat an' wait fer some un ter
come tell somebody what de rumpus is 'bout, an'
den dat yuther somebody would tell some un else,
an' maybe 'bout dinner-time de King would fin'
out what gwine on, when all he hatter do wuz ter
look out de winder an' see fer hisse'f.

"When ol' Brer Rabbit hear dat,
he lay back ez well ez
he kin wid dat ar
crown on top er his
head, an' make out
h e takin' a n a p.
Atter so l o n g a
time, word come
dat Mr. Dog wuz

"*Some er dem what wait on de King shuck
der heads*"

out dar in de entry whar dey all hatter wait at, an' he sont word dat he bleeze ter see de King. Ol' Brer Rabbit, he sot dar, he did, an' do like he studyin', an' atter so long a time, he tell um fer ter

"He lay back . . . wid dat ar crown on top er his head, an' make out he takin' a nap"

fetch Mr. Dog in an' let him say what he got ter say. Well, Mr. Dog come creepin' in, he did, an' he look mighty 'umble-come-tumble. He wuz so po' dat it look like you can see eve'y bone in his body an' he wuz mangy lookin'. His head hung down, an' he wuz kinder shiverin' like he wuz col'. Brer Rabbit make out he tryin' fer ter fix de crown on his head so it'll set up straight, but all de time he

wuz lookin' at Mr. Dog fer ter see ef he know'd
'im — an' sho' 'nough, he did, kaze it 'uz de
same Mr. Dog what done give him many a long
chase.

"Well, Mr. Dog, he stood dar wid his head
hangin' down an' his tail 'tween his legs. Eve'y-
thing wuz so still an' sollum dat he 'gun ter git
oneasy, an' he look roun' fer ter see ef dey 's **any**

"*Well Mr. Dog come creepin in*"

way fer ter git out widout runnin' over somebody.
Dey ain't no way, an' so Mr. Dog sorter wiggle
de een' er his tail fer ter show dat he ain't mad,
an' he stood dar 'specktin' dat eve'y minnit would
be de nex'.

"Bimeby, somebody say, 'Who dat wanter see
de King an' what business is he got wid 'im?'
When Mr. Dog hear dat, de howl dat he sot up
mought 'a' been heern a mile er mo'. He up an'
'low, he did, dat him an' all his tribe, an' mo'
speshually his kinnery, is been havin' de wuss
times dat anybody ever is hear tell un. He say dat
whar dey use ter git meat, dey now gits bones, an'
mighty few er dem, an' whar dey use ter be fat,
dey now has ter lean up ag'in de fence, an' lean
mighty hard, ef dey wanter make a shadder. Mr.
Dog had lots mo' ter say, but de long an' de
short un it wuz dat him an' his kinnery wa' n't
treated right.

"Ol' Brer Rabbit, which he playin' King fer
de day, he kinder study, an' den he cle'r up his
th'oat an' look sollum. He ax ef dey 's any tur-
kentime out dar in de back yard er in de cellar

whar dey keep de harness grease, an' when dey
say dey speck dey 's a drap er two lef', ol' Brer
Rabbit tell um fer ter fetch it in, an' den he tell
um ter git a poun' er red pepper an' mix it wid
de turkentime. So said, so done. Dey grab Mr.
Dog, an' rub de turkentime an' red pepper frum
head ter heel, an' when

*"**Dey** run im out'n de place whar de kingin' wuz done at"*

he holler dey run 'im out'n de place whar de kingin' wuz done at.

"Well, time went on, an' one day follered an'er des like dey does now, an' Mr. Dog ain't never gone back home, whar his tribe an' his kinnery wuz waitin' fer 'im. Dey wait, an' dey wait, an' bimeby dey 'gun ter git oneasy. Den dey wait some mo' but it git so dey can't stan' it no longer, an' den a whole passel un um went ter de house whar dey do de kingin' at, an' make some inquirements 'bout Mr. Dog. Dem dat live at de King's house up an' tell um dat Mr. Dog done come an' gone. Dey say he got what he come atter, an' ef he ain't gone back home dey dunner whar he is. Dey tol' 'bout de po' mouf he put up, an' dey say dat dey gun 'im purty well all dat a gen'termun dog could ax fer.

"De yuther dogs say dat Mr. Dog ain't never come back home, an' dem what live at de King's house say dey mighty sorry fer ter hear sech bad news, an' dey tell de dogs dat dey better hunt 'im up an' fin' out what he done wid dat what de king gi' 'im. De dogs ax how dey gwineter know

'im when dey fin' him, an' dem at de King's house
say dey kin tell 'im by de smell, kaze dey put
some turkentime an' red pepper
on 'im fer ter kill de
fleas an' kyo

"A whole passel un um went ter de house whar dey do the kingin'"

de bites. Well, sence dat day de yuther dogs
been huntin' fer de dog what went ter de
King's house; an' how does dey hunt? 'Tain't
no needs fer ter tell you, honey, kaze you know

pine-blank ez good ez I kin tell you. Sence dat day an' hour dey been smellin' fer 'im. Dey smells on de groun' fer ter see ef he been 'long dar; dey smells de trees, de stumps, an' de bushes, an' when dey comes up wid an'er dog dat dey ain't never seed befo', dey smells him good fer ter see ef he got any red pepper an' turken-time on 'im; an' ef you 'll take notice dey some-times smells at a bush er a stump, an' der bristles will rise, an' dey 'll paw de groun' wid der fo' feet, an' likewise wid der behime feet, an' growl like deyer mad. When dey do dat, dey er tellin' you what dey gwineter do when dey git holt er dat dog what went to de King's house an' ain't never come back. I may be wrong, but I 'll bet you a white ally ag'in' a big long piece er mince-pie dat dey 'll be gwine on dat away when you git ter be ol' ez I is."

VII

HOW OLD CRANEY-CROW LOST HIS HEAD

ONE day, while Uncle Remus was preparing some wild cherry bark for a decoction which he took for his rheumatism, the little boy, who was an interested spectator of the proceedings, chanced to hear a noise overhead. Looking up, he saw a very large bird flying over. He immediately called the attention of Uncle Remus to the bird, which was indeed a singular-looking creature. Its long neck stretched out in front, and its long legs streamed out behind. Its wings were not very large, and it had no tail to speak of, but it flew well and rapidly, apparently anxious to reach its destination in the shortest possible time.

Uncle Remus shaded his eyes with his right hand as he gazed upward at the bird. "Laws-a-mussy!" he exclaimed; "is dey anybody yever

see de beat er dat!" He knew well that the bird
was a blue heron going to join its kindred in
Florida, but he affected great surprise at sight of
the bird, and continued to gaze at it as long as
it remained in sight. He drew a long breath when
it could no longer be seen, and shook his head
sadly. "Ef she ain't got no mo' sense dan what
her great-grandaddy had, I 'm mighty sorry fer
her," he declared.

"What kind of a bird is it, Uncle Remus?"
the child inquired.

"Folks useter call um Craney-Crows, honey,
but now dey ain't got no name but des plain blue
crane — an' I dunner whedder dey er wuff sech a
big name. Yit I ain't got nothin' ag'in um dat I
knows un. Mo' dan dat, when I ermembers 'bout
de ol' grandaddy crane what drifted inter deze
parts, many's de long time ago, 'twould n't take
much fer ter make me feel right sorry fer de whole
kit an' bilin' un um — dey er sech start natchul
fools."

"But what is there to be sorry about, Un-
cle Remus?" the little boy asked. He was

rapidly learning to ask questions at the proper time.

" 'Bout dey havin' sech a little grain er sense, honey. Ef you know'd what I does, I dunner ef you 'd be tickled, er ef you 'd feel sorry, an' it 's de same way wid me. When I think er dat ol' Great-Grandaddy Crane, I dunner whedder ter laugh er cry."

This was small satisfaction to the little boy, and he was compelled to inquire about it. As this was precisely what the old negro wanted him to do, he lost nothing by being inquisitive. "Dey wuz one time — I dunno de day, an' I dunno de year, but 'twuz one time — dey come a big storm. De win' blow'd a harrycane, an' de rain rained like all de sky an' de clouds in it done been turn ter water. De win' blow'd so hard dat it lifted ol' Craney-Crow fum his roost in de lagoons way down yan' whar dey live at, an' fotch 'im up in deze parts, an' when he come, he come a-whirlin'. De win' tuck 'im up, it did, an' turn 'im roun' an' roun', an' when he lit whar he did, he stagger des like he wuz drunk — you know how you feel

when you been turnin' roun' an' roun'. Well, dat
wuz de way wid him; he wuz so drunk dat he hat-
ter lean up ag'in a tree.

"But 'twant long 'fo' he 'gun ter feel all right,
an' he look roun' fer ter see whar he at. He look
an' he look, but he ain't fin' out, kaze he wuz a
mighty fur ways fum home. Yit he feel de water
half-way up his legs, an' ef ol' Craney-Crow is in
a place whar he kin do a little wadin', he kinder
has de home-feelin' — you know how dat is
yo'se'f. Well, dar he wuz, a mighty fur ways fum
home, an' yit up ter his knees in water, an' he des
stood dar, he did, an' tuck his ease, hopin' fer
better times bimeby. Now, de place whar he wuz
blow'd ter wuz Long Cane Swamp, an' I wish I
had time fer ter take you over dar an' show you
right whar he wuz at when he lit, an' I wish I had
time fer ter take you all thoo de Swamp an' let
you see fer yo'se'f what kinder Thing it is.
'Tain't only des a Swamp; it 's sump'n wuss 'n
dat. You kin stan' in de middle un it, an' mos'
hear it ketch its breff, an' dat what make I say
dat 'tain't no Swamp, fer all it look like one.

"Well, dar wuz ol' Craney-Crow, an' dar wuz de Thing you call de Swamp, an' bimeby de sun riz an' let his lamp shine in dar in places; an den' ol' Craney-Crow had time fer ter look roun' an' see whar he wuz at. But when he fin' out, he ain't know no mo' dan what he know at fus'. Now, you kin say what you please, an' you kin laugh ef you wanter, but I 'm a-gwine ter tell you dat de Swamp know'd dat dey wuz somebody dar what ain't b'long dar. Ef you ax me how de Swamp know'd, I 'll shake my head an' shet my eyes; an' ef you ax me how I know it know'd, I 'll des laugh at you. You 'll hatter take my word er leave it, I don't keer which. But dar 'twuz. De Swamp know'd dat somebody wuz dar what ain't b'long dar, an' it went ter sleep an' had bad dreams, an' it keep on havin' dem dreams all day long."

The little boy had accepted Uncle Remus's statements up to this point, but when he said that the Swamp went to sleep and had bad dreams, the child fairly gasped with doubtful astonishment. "Why, Uncle Remus, how could a swamp go to sleep?"

"It 's des like I tell you, honey; you kin take my word er you kin leave it. One way er de yuther, you won't be no better off dan what you is right now. All I know is dis, dat you can't tell no tale ter dem what don't b'lieve it."

"Do you believe it, Uncle Remus? Mother says the stories are fables." Thus the little boy was imbued, without knowing it, with the modern spirit of scientific doubt.

"Does you speck I 'd tell you a tale dat I don't b'lieve? Why, I dunner how I 'd put de words one atter de yuther. Whensomever you ain't b'lievin' what I 'm a-tellin', honey, des le' me know, an' I won't take de time an' trouble fer ter tell it."

"Well, tell me about the Swamp and old Craney-Crow," said the little boy, placing his small hand on Uncle Remus's knee coaxingly.

"Well, suh, ef so be I must, den I shill. Whar wuz I? Yasser! de Swamp, bein' wide-awake all night long, is bleeze ter sleep endurin' er de day, an' so, wid ol' Craney-Crow stannin' in de water, when de sun rise up, de Swamp know dat sump'n

wuz wrong, an' it went ter sleep an' had mighty
bad dreams. De sun riz an' riz; it come up on one
side er de Swamp, an' atter so long a time stood
over it an' look down fer ter see what de matter.
But bright ez de lamp er de sun wuz, it can't
light up de Swamp, an' so it went on over an'
went down on t'er side.

"De day wuz in about like deze days is, an'
whiles de sun wuz s'archin' roun' tryin' fer ter
fin' out what de trouble is in de Swamp, ol'
Craney-Crow wuz wadin' 'bout in de water tryin'
ter fin' some frog steak fer his dinner, er maybe a
fish fer ter whet his appetite on. But dey wa' n't
nary frog ner nary fish, kaze de Swamp done gone
ter sleep. De mo' ol' Craney-Crow waded de mo'
shallerer de water got, twel bimeby day wa'n't
nuff fer ter mo' dan wet his foots. He say, 'Hey!
how come dis?' But he ain't got no answer, kaze
de Swamp, wid all its bad dreams, wuz soun'
asleep. Dey wuz pools er water roun' an' about,
an' ol' Craney-Crow went fum one ter de yuther,
an' fum yuther ter t' other, but 'tain't do him no
good. He went an' stood by um, he did, but whiles

he stannin' dar, dey wa' n't a riffle on top un um. Bimeby he got tired er walkin' about, an' he stood on one leg fer ter res' hisse'f — dough ef anybody 'll tell me how you gwineter res' yo'se'f wid stannin' on one leg, I 'll set up an' tell um tales fum now tell Chris'mus, kaze ef I git tired I kin stan' on one leg an' do my restin' dat a-way.

"Well, den, dar wuz ol' Craney-Crow, an' dar wuz de Swamp. Ol' Craney-Crow wuz wide-awake, but de Swamp wuz fast asleep an' dream-in' bad dreams like a wil' hoss an' waggin gwine down hill. But de Swamp wa' n't no stiller dan ol' Craney-Crow, stannin' on one leg wid one eye lookin' in de tops er de trees, an' de yuther one lookin' down in de grass. But in de Swamp er out'n de Swamp, time goes on an' night draps down, an' dat's de way it done dis time. An' when night drapped down, de Swamp kinder stretch itse'f an' 'gun ter wake up. Ol' Brer Mud Turkle opened his eyes an' sneeze so hard dat he roll off de bank inter de water — kersplash — an' he so close ter ol' Craney-Crow dat he fetched a hop sideways, an' come mighty nigh steppin' on Mr.

Billy Black Snake. Dis skeer'd 'im so dat he
fetched an'er hop, an' mighty nigh lit on de frog
what he been huntin' fer. De frog he say 'hey!'
an' dove in de mud-puddle.

"Atter dat, when ol' Craney-Crow move 'bout,
he lif' his foots high, an' he done like de ladies
does when dey walk in a wet place. De whole
caboodle wuz bran' new ter ol' Craney-Crow, an'
he look wid all his eyes, an' lissen wid all his
years. Dey wuz sump'n n'er gwine on, but he
can't make out what 'twuz. He ain't never is been
in no swamp befo', mo' speshually a Swamp what
got life in it. He been useter ma'shy places, whar
dey ain't nothin' but water an' high grass, but
dar whar he fin' hisse'f atter de harrycane, dey
wa' n't no big sight er water, an' what grass dey
wuz, wa' n't longer 'n yo' finger. Stidder grass
an' water, dey wuz vines, an' reeds, an' trees wid
moss on um dat made um look like Gran'suh
Graybeard, an' de vines an' creepers look like
dey wuz reachin' out fer 'im.

"He walked about, he did, like de groun' wuz
hot, an' when he walk he look like he wuz on

stilts, his legs wuz so long. He hunt roun' fer a place fer ter sleep, an' whiles he wuz doin' dat he tuck notice dat dey wuz sump'n n'er gwine on dat he ain't never is see de like un. De jacky-ma-lantuns, dey lit up an' went sailin' roun' des like dey wuz huntin' fer 'im an' de frogs, dey holler at 'im wid, 'What you doin' here? What you doin' here?' Mr. Coon rack by an' laugh at 'im; Mr. Billy Gray Fox peep out'n de bushes an' bark at 'im; Mr. Mink show 'im de green eyes, an' Mr. Whipperwill scol' 'im.

"He move 'bout, he did, an' atter so long a time dey let 'im 'lone, an' den when dey wa' n't nobody ner nothin' pesterin' 'im, he 'gun ter look roun' fer hisse'f. Peepin' fust in one bush an' den in an'er, he tuck notice dat all de birds what fly by day had done gone ter bed widout der heads. Look whar he mought, ol' Craney-Crow ain't see na'er bird but what had done tuck his head off 'fo' he went ter bed. Look close ez he kin, he ain't see no bird wid a head on. Dis make 'im wonder, an' he ax hisse'f how come dis, an' de onliest an-swer what he kin think un is dat gwine ter bed wid der heads on wuz done gone out er fashion in dat part er de country.

"Now, you kin say what you please 'bout de creeturs an' der kin' — 'bout de fowls dat fly, an' de feathery creeturs what run on de groun' — you kin say what you please 'bout um, but dey got pride; dey don't wanter be out'n de fashion. When it comes ter dat, deyer purty much like folks, an' dat 'uz de way wid ol' Craney-Crow; he don't wanter be out er fashion. He 'shame' fer ter go ter bed like he allers been doin', kaze he ain't want de yuthers fer ter laugh an' say he 'uz fum de country deestrick, whar dey dunno much. Yit, study ez he mought, he dunner which a-way ter do fer ter git his head off. De yuthers had der heads un' der wing. But he ain't know dat.

"He look roun', he did, fer ter see ef dey ain't some un he kin ax 'bout it, an' he ain't hatter look long nudder, fer dar, settin' right at 'im, wuz ol' Brer Pop-Eye."

"But, Uncle Remus, who was old Brother Pop-Eye?" inquired the little boy.

"Nobody in all de roun' worl', honey, but Brer

Rabbit. He had one name fer de uplan' an' an'er name fer de bottom lan' — de swamps an' de dreens. Wharsomever dar wuz any mischievious-ness gwine on, right dar wuz Brer Rabbit ez big ez life an' twice ez natchul. He wuz so close ter ol' Craney-Crow dat he hatter jump when he seed 'im. Brer Pop-Eye say: 'No needs fer ter be skeer'd, frien' Craney-Crow. You may be mo' dan sho dat I 'm a well-wisher.' Ol' Craney-Crow 'low: 'It do me good fer ter hear you sesso, Mr. Pop-Eye, an' seein' dat it 's you an' not some un else, I don't min' axin' you how all de flyin' birds takes der heads off when dey go ter bed. It sho stumps me.' Brer Pop-Eye say, 'An' no wonder, frien' Craney-Crow, kaze youer stranger in deze parts. Dey ain't nothin' ter hide 'bout it. De skeeters is been so bad in dis Swamp sence de year one, an' endurin' er de time what 's gone by, dat dem what live here done got in de habits er takin' off der heads an' puttin' um in a safe place.'

"De Craney-Crow 'low: 'But how in de name er goodness does dey do it, Brer Pop-Eye?' Mr.

Pop-Eye laugh ter hisse'f 'way down in his giz-
zard. He say: 'Dey don't do it by deyse'f, kaze
dat 'ud be axin' too much. Oh, no! dey got some
un hired fer ter do dat kin' er work.' 'An' whar
kin I fin' 'im, Brer Pop-Eye?' sez ol' Craney-
Crow, sezee. Brer Pop-Eye 'low: 'He'll be roun'
terreckly; he allers hatter go roun' fer ter see dat
he ain't miss none un um.' Ol' Craney-Crow
sorter study, he did, an' den he 'low: 'How does
dey git der heads back on, Brer Pop-Eye?' Brer
Pop-Eye shuck his head. He say: 'I 'd tell you ef
I know'd, but I hatter stay up so much at night,
dat 'long 'bout de time when dey gits der heads
put on, I 'm soun' asleep an' sno'in' right along.
Ef you sesso, I 'll hunt up de doctor what does de
business, an' I speck he 'll commerdate you — I
kin prommus you dat much, sence you been so
perlite.' Ol' Craney-Crow laugh an' say: 'I done
fin' out in my time dat dey don't nothin' pay like
perliteness, speshually ef she's ginnywine.'

"Wid dat, Brer Pop-Eye put out, he did, fer
ter fin' Brer Wolf. Knowin' purty well whar he
wuz, 'twant long 'fo' here dey come gallopin'

back. Brer Pop-Eye say: 'Mr. Craney-Crow, dis is Mr. Dock Wolf; Mr. Dock Wolf, dis is Mr. Craney-Crow; glad fer ter make you 'quainted, gents.'" At this point, Uncle Remus paused and glanced at the little boy, who was listening to the story with almost breathless interest. "You ain't got yo' hankcher wid you, is you?" the old man inquired gently.

"Mother always makes me carry a handkerchief," the child replied, "and it makes the pocket of my jacket stick out. Why did you ask, Uncle Remus?"

"Kaze we er comin' ter de place whar you 'll need it," said the old man. "You better take it out an' hol' it in yo' han'. Ef you got any tears inside er you, dey 'll come ter de top now."

The child took out his handkerchief, and held it in his hand obediently. "Well, suh," Uncle Remus went on, "atter dey been made 'quainted, ol' Craney-Crow tell Dock Wolf 'bout his troubles, an' how he wanter do like de rest er de flyin' creeturs, an' Dock Wolf rub his chin an' put his thumb in his wescut pocket fer all de worl' like a

sho nuff doctor. He say ter ol' Craney-Crow dat
he ain't so mighty certain an' sho dat he kin he'p
'im much. He say dat in all his born days he ain't
never see no flyin' creetur wid sech a long neck,
an' dat he 'll hatter be mighty intickler how he
fool wid it. He went close, he did, an' feel un it an'
fumble wid it, an' all de time his mouf wuz water-
in' des like yone do when you see a piece er lemon
pie.

"He say: 'You 'll hatter hol' yo' head lower,
Mr. Craney-Crow,' an' wid dat he snap down on
it, an' dat wuz de last er dat Craney-Crow. He
ain't never see his home no mo', an' mo' dan dat,
ol' Dock Wolf slung 'im 'cross his back an' can-
tered off home. An' dat's de reason dat de
Craney-Crows all fly so fas' when dey come thoo
dis part er de country."

"But why did you ask me to take out my hand-
kerchief, Uncle Remus?"

"Kaze I wanter be on de safe side," remarked
the old man with much solemnity. "Ef you got a
hankcher when you cry, you kin wipe off de
weeps, an' you kin hide de puckers in yo' face."

VIII

BROTHER FOX FOLLOWS THE FASHION

THE little boy was not sure whether Uncle Remus had finished the story; it would have been hard for a grown man to keep up with the whimsical notions of the venerable old darkey, and surely you could n't expect a little bit of a boy, who had had no experience to speak of, to do as well. The little lad waited a while, and, seeing that Uncle Remus showed no sign of resuming the narrative, he spoke up. "I did n't see anything to cry about," he remarked.

"Well, some folks cries, an' yuther folks laughs. Dey got der reasons, too. Now, I dunno dat ol' Brer Rabbit wuz hard-hearted er col'-blooded any mo' dan de common run er de creeturs, but it look like he kin see mo' ter tickle 'im dan ye yuthers, an' he wuz constant a-laughin'. Mos' er de time he'd laugh in his innerds, but den

ag'in, when sump'n tetch his funny-bone, he 'd
open up wid a big ha-ha-ha dat 'ud make de
yuther creeturs take ter de bushes.

"An' dat 'uz de way he done when ol' Craney-
Crow had his head tooken off fer ter be in de
fashion. He laugh an' laugh twel it hurt 'im ter
laugh, an' den he laugh some mo' fer good med-
jur. He laughed plum twel mornin', an' den he
laugh whiles he wuz rackin' on todes home. He 'd
lope a little ways, an' den he'd set down by de
side er de road an' laugh some mo'. Whiles he
gwine on dis away, he come ter de place whar
Brer Fox live at, an' den it look like he can't git
no furder. Ef a leaf shook on de tree, it 'ud put
'im in min' er de hoppin' an' jumpin' an' scufflin'
dat ol' Craney-Crow done when Dock Wolf tuck
an' tuck off his head fer 'im.

"Ez luck would have it, Brer Fox wuz out in
his pea-patch fer ter see how his crap wuz gittin'
on, an' huntin' roun' fer ter see ef dey wuz any
stray tracks whar somebody had bin atter his
truck. Whiles he wuz lookin' roun' he hear some
un laughin' fit ter kill, an' he looked over de

"So his ol' 'oman went out ter de woodpile an' got de ax"

fence fer ter see who 't is. Dar wuz Brer Rabbit
des a-rollin' in de grass an' laughin' hard ez he
kin. Brer Fox 'low: 'Heyo, Brer Rabbit! what de
name er goodness de matter wid you?' Brer Rab-
bit, in de middle er his laughin' can't do nothin'
but shake his head an' kick in de grass.

"'Bout dat time, ol' Miss Fox stuck 'er head
out'n de winder fer ter see what gwine on. She
say, 'Sandy, what all dat fuss out dar? Ain't you
know dat de baby 's des gone ter sleep?' Brer
Fox, he say, ''T ain't nobody in de roun' worl'
but Brer Rabbit, an' ef I ain't mighty much mis-
tooken, he done gone an' got a case er de high-
stericks.' Ol' Miss Fox say, 'I don't keer what he
got, I wish he 'd go on 'way fum dar, er hush up
his racket. He 'll wake de chillun, an' dem what
ain't 'sleep he 'll skeer de wits out'n 'um.'

"Wid dat, ol' Brer Rabbit cotch his breff, an'
pass de time er day wid Brer Fox an' his ol'
'oman. Den he say, 'You see me an' you hear
me, Brer Fox; well, des ez you see me now, dat de
way I been gwine on all night long. I speck maybe
it ain't right fer ter laugh at dem what ain't got de

sense dey oughter been born wid, but I can't he'p
it fer ter save my life; I try, but de mo' what I try
de wusser I gits. I oughter be at home right now,
an' I would be ef it had n't 'a' been fer sump'n I
seed las' night,' an' den he went ter laughin'
ag'in. Ol' Miss Fox, she fix de bonnet on her
head, an' den she say, 'What you see, Brer Rab-
bit? It mus' be mighty funny; tell us 'bout it, an'
maybe we 'll laugh wid you.' Brer Rabbit 'low,
'I don't min' tellin' you, ma'am, ef I kin keep
fum laughin', but ef I hatter stop fer ter ketch my
breff, I know mighty well dat you 'll skuzen me.'
Ol' Miss Fox say, 'Dat we will, Brer Rabbit.'

"Wid dat Brer Rabbit up an' tol' all 'bout ol'
Craney-Crow comin' in de Swamp, an' not know-
in' how ter go ter bed. He say dat de funny part
un it wuz dat ol' Craney-Crow ain't know dat
when anybody went ter bed dey oughter take der
head off, an' den he start ter laughin' ag'in. Ol'
Miss Fox look at her ol' man an' he look at her;
dey dunner what ter say er how ter say it.

"Brer Rabbit see how dey er doin', but he ain't
pay no 'tention. He 'low, 'Dat ol' Craney-Crow

look like he had travel fur an' wide; he look like
he know what all de fashions is, but when he got
in de Swamp an' see all de creeturs — dem what
run an' dem what fly — sleepin' wid der heads
off, he sho' wuz tuck back; he say he ain't never
her er sech doin's ez dat. You done seed how
country folks do — well, des dat away he done. I
been tryin' hard fer ter git home, an' tell my ol'
'oman 'bout it, but eve'y time I gits a good start it
pop up in my min' 'bout how ol' Craney-Crow
done when he fin' out what de fashion wuz in dis
part er de country.' An' den Brer Rabbit sot inter
laughin', and Brer Fox an' ol' Miss Fox dey
j'ined in wid 'im, kaze dey ain't want nobody fer
ter git de idee dat dey don't know what de fash-
ion is, speshually de fashion in de part er de
country whar dey er livin' at.

"Ol' Miss Fox, she say dat ol' Craney-Crow
must be a funny sort er somebody not ter know
what de fashions is, an' Brer Fox he 'gree twel he
grin an' show his tushes. He say he ain't keerin'
much 'bout fashions hisse'f, but he would n't like
fer ter be laughed at on de 'count er plain ig-

nunce. Brer Rabbit, he say he ain't makin' **no** pertence er doin' eve'ything dat 's done, kaze he ain't dat finnicky, but when fashions is comfertubble an' coolin' he don't min' follerin' um fer der own sake ez well ez his'n. He say now dat he done got in de habits er sleepin' wid his head off, he would n't no mo' sleep wid it on dan he'd fly.

"Ol' Miss Fox, she up 'n' spon', 'I b'lieve you, Brer Rabbit — dat I does!' Brer Rabbit, he make a bow, he did, an' 'low, 'I know mighty well dat I 'm ol'-fashion', an' dey ain't no 'nyin' it, Miss Fox, but when de new gineration hit on ter sump'n dat 's cool an' comfertubble, I ain't de man ter laugh at it des kaze it 's tollerbul new. No, ma'am! I 'll try it, an' ef it work all right I 'll foller it; ef it don't, I won't. De fus' time I try ter sleep wid my head off I wuz kinder nervious, but I soon got over dat, an' now ef it wuz ter go out fashion, I 'd des keep right on wid it, I don't keer what de yuthers 'd think. Dat 's me; dat 's me all over.'

"Bimeby, Brer Rabbit look at de sun, an' des vow he bleeze ter git home. He wish ol' Miss Fox

mighty well, an' made his bow, an' put out down
de road at a two-forty gait. Brer Fox look kinder
sheepish when his ol' 'oman look at 'im. He say
dat de idee er sleepin' wid yo' head off is bran
new ter him. Ol' Miss Fox 'low dat dey's a heap
er things in dis worl' what he dunno, an' what he
won't never fin' out. She say, 'Here I is a-scrim-
pin' an' a-workin' my eyeballs out fer ter be ez
good ez de bes', an' dar you is a projickin' roun'
an' not a-keerin' whedder yo' fambly is in de
fashion er not.' Brer Fox 'low dat ef sleepin' wid
yo' head off is one er de fashions, he fer one ain't
keerin' 'bout tryin'. Ol' Miss Fox say, 'No, an'
you ain't a-keerin' what folks say 'bout yo' wife
an' fambly. No wonder Brer Rabbit had ter
laugh whiles he wuz tellin' you 'bout Craney-
Crow, kaze you stood dar wid yo' mouf open like
you ain't got no sense. It 'll be a purty tale he 'll
tell his fambly 'bout de tacky Fox fambly.'

"Wid dat Ol' Miss Fox switch away fum de
winder an' went ter cleanin' up de house, an'
bimeby Brer Fox went in de house hopin' dat
brekfus wuz ready; but dey wa' n't no sign er

nothin' ter eat. Atter so long a time, Brer Fox ax
when he wuz gwine ter git brekfus'. His ol' 'oman
'low dat eatin' brekfus' an' gittin' it, too, wuz one
er de fashions. Ef he ain't follerin' fashions, she
ain't needer. He ain't say no mo', but went off
behin' de house an' had a mighty time er thinkin'
an' scratchin' fer fleas.

"When bedtime come, ol' Miss Fox wuz
mighty tired, an' she ain't a-keerin' much 'bout
fashions right den. Des ez she wuz fixin' fer ter
roll 'erse'f in de kivver, Brer Fox come in fum a
hunt he 'd been havin'. He fotch a weasel an' a
mink wid 'im, an' he put um in de cubberd whar
dey 'd keep cool. Den he wash his face an' han's,
an' 'low dat he 's ready fer ter have his head
tooken off fer de night, ef his ol' 'oman 'll be so
good ez ter he'p 'im.

"By dat time ol' Miss Fox had done got over
de pouts, but she ain't got over de idee er follerin'
atter de fashions, an' so she say she 'll be glad fer
ter he'p 'im do what 's right, seein' dat he 's so
hard-headed in gin'ul. Den come de knotty part.
Na'er one un um know'd what dey wuz 'bout,

an' dar dey sot an' jowered 'bout de bes' way fer ter git de head off. Brer Fox say dey ain't but one way, less'n you twis' de head off, an' goodness knows he ain't want nobody fer ter be twis'in' his neck, kaze he ticklish anyhow. Dat one way wuz ter take de ax an' cut de head off. Ol' Miss Fox, she squall, she did, an' hol' up her han's like she skeer'd.

"Brer Fox sot dar lookin' up de chimbley. Bimeby his ol' 'oman 'low, 'De ax look mighty skeery, but one thing I know, an' dat ain't two, it ain't gwineter hurt you ef it 's de fashion. Brer Fox kinder work his under jaw, but he ain't sayin' nothin'. So his ol' 'oman went out ter de wood-pile an' got de ax, an' den she say, 'I 'm ready, honey, whenever you is,' an' Brer Fox, he 'spon', 'I 'm des ez ready now ez I ever is ter be,' an' wid dat she up wid de ax an' *blip!* she tuck 'im right on de neck. De head come right off wid little er no trouble, an' ol' Miss Fox laugh an' say ter herse'f dat she glad dey follerin' de fashion at las'.

"Brer Fox sorter kick an' squirm when de

head fus' come off, but his ol' 'oman 'low dat dat
wuz de sign he wuz dreamin', an' atter he lay
right still she say he wuz havin' a better night's
res' dan what he 'd had in a mighty long time.
An' den she happen fer ter think dat whiles her
ol' man done gone an' got in de fashion, dar she
wuz ready fer ter go ter bed wid 'er head on. She
dunner how ter git 'er head off, an' she try ter
wake up her ol' man, but it look like he wuz one
er dem stubborn kinder sleepers what won't be
woken'd atter dey once drap off. She shake 'im
an' holler at 'im, but 'tain't do no good. She can't
make 'im stir, spite er all de racket she make, an'
she hatter go ter bed wid her head on.

"She went ter bed, she did, but she ain't sleep
good, kaze she had trouble in de min'. She 'd
wake up an' turn over, an' roll an' toss, an' won-
der what de yuther creeturs 'd say ef dey know'd
she wuz so fur outer de fashion ez ter sleep wid
'er head on. An' she had bad dreams; she dremp
dat Brer Rabbit wuz laughin' at 'er, an' she start
fer ter run at 'im, an' de fust news she know'd de
dogs wuz on her trail an' gwine in full cry. 'Twuz

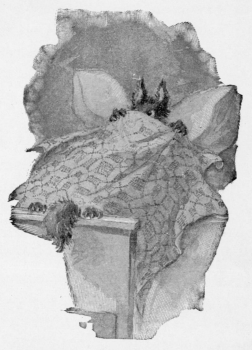

"She dremp dat Brer Rabbit wuz laughin' at 'er"

dat a-way all night long, an' she wuz mo' dan
thankful when mornin' come.

"She try ter wake up her ol' man, but still
he won't be woke. He lay dar, he did, an' won't
budge, an' bimeby ol' Miss Fox git mad an' go
off an' leave 'im. Atter so long a time she went
back ter whar he wuz layin', an' he wuz des like
she lef' 'im. She try ter roust 'im up, but he won't
be rousted. She holler so loud dat Brer Rabbit
which he wuz gwine by, got de idee dat she wuz
callin' him, an' he stick his head in de do' an'
'low, 'Is you callin' me, ma'am?'

"She say, 'La! Brer Rabbit? I ain't know you
wuz anywheres aroun'. I been tryin' fer ter wake
up my ol' man; he mo' lazier dis mornin' dan I
ever is know 'im ter be. Ef my house wa' n't all
to' up, I 'd ax you in an' git you ter drag 'im out
an' git 'im up.'

"Brer Rabbit say, 'Ef dey ain't nothin' de
matter wid Brer Fox he 'll git up in good time.'
Ol' Miss Fox 'low, 'La! I dunner what you call
good time. Look at de sun — it 's 'way up yan-
der, an' dar he is sleepin' like a log. 'Fo' he went

ter bed he made me take his head off, an' he ain't woke up sence.' 'An' how did you git it off, mum?' sez ol' Brer Rabbit, sezee. 'I tuck an' tuck de ax an' cut it off,' se'she. Wid dat Brer Rabbit flung bofe han's over his face, an' mosied off like he wuz cryin'. Fum de way he look you 'd 'a' thunk his heart wuz broke; yit he wa' n't cryin'."

"Then what was he doing, Uncle Remus?" the little boy asked.

"Des a-laughin' — laughin' fit ter kill. When ol' Miss Fox see 'im gwine long like he wuz cryin', she spicion'd dat sump'n wuz wrong, an' sho 'nuff 'twuz, kaze Brer Fox ain't wake up no mo'. She 'low, 'Ol' honey look like he dead, but he better be dead dan outer de fashion!'

"I take notice, honey, dat you ain't use yo' hankcher yit. What de matter wid you? Is yo' weeps all dry up?"

The child laughed and stuffed his handkerchief back in his pocket.

IX

"MOTHER," said the little boy one day, "do you know why the turkey buzzards are bald?"

"Why, no," replied the young mother, very much surprised. "I did n't even know they were bald. But why do you ask such a silly question?"

"Because Uncle Remus said you knew why they are bald."

"You tell Uncle Remus," said the grandmother, laughing heartily, "that I say he is an old rascal, and he had better behave himself."

The way of it was this: The little boy had been walking out in the fields with Uncle Remus, and had seen, away up in the sky, two or three turkey buzzards floating lazily along on motionless wings. From the fields they had gone into the woods, and in these woods they had found what

Uncle Remus had said was a buzzard's nest. It was in a hollow tree, flat on the ground, and when they came near, the mother buzzard issued forth from the hollow, with such a hissing and flapping of wings that the little boy was frightened for a moment.

"Go on 'way fum here, you bald-headed ol' rapscallion; ef you don't I'll do you wuss dan Brer Rabbit done you. Honey," he went on, turning to the child, "you better put yo' hankcher ter yo' nose ef you gwineter look in dat nes', kaze ol' Miss Turkey Buzzard is a scandalious housekeeper."

The child did as he was bid, and, peeping in the nest, he saw two young ones, as white as goslings. While he was peeping in he got a whiff of the odor of the buzzards, and turned and ran away from the place as hard as he could. Uncle Remus followed suit, and hobbled away as fast as his legs could carry him. When they were both out of range of the buzzard's nest, they stopped and laughed at each other.

"You nee'nter be skeer'd dat anything 'll ketch

you, honey. Dey ain't nothin' but a race-hoss got yo' gait. Why, ef I had n't 'a' been wid you, you 'd 'a' been home by now, kaze you 'd 'a' started when ol' Miss Buzzard fus flew out er dat hole."

The little boy made no denial, for he knew that what Uncle Remus said had much more than a grain of truth in it. Besides, he was thinking of other things just then. He soon made known what it was. "Why did you call the buzzard bald-headed, Uncle Remus?"

"A mighty good reason," responded the old man. "Dey ain't no mo' got fedders on de top er der head dan you got ha'r in de pa'm er yo' han'. You ketch one un um, an' ef you kin hol' yo' breff long nuff ter look, you'll see dat I 'm tellin' you de trufe. I ain't blamin' um fer dat, kaze dey got a mighty good reason fer bein' bal'-headed. Dey's mighty few folks dat know what de reason. is, an' one un um is yo' ma. Ef you 'll kinder coax 'er, I speck she'll tell you."

This was what led up to the question the child had asked his mother, and was the occasion of

the grandmother's laughing remark that Uncle
Remus was an old rascal.

The little boy gave Uncle Remus the full par-
ticulars the next time he saw him. The old man
laughed merrily when he heard that his Miss
Sally had called him an old rascal. "Talk 'bout
yo' smart wimmen folks!" he exclaimed. "Dey
ain't na'er man in de worl' what kin hol' a candle
ter yo' gran'ma; an' des ez you see 'er now, dat
des de way she been sence she wuz a gal. She
know what you gwineter say long 'fo' you kin git
de words out 'n yo' mouf; she kin look right thoo
you an' tell you what you thinkin' 'bout. You
may laugh all you wanter, but ef youer feelin'
bad she 'll know it. When Miss Sally goes an'
dies, dey won't be na'er nudder somebody fer ter
take her place. Dey ain't no two ways 'bout dat."

"I think she is getting used to mother," the
little boy remarked in his old-fashioned way — a
way that was a source of constant amazement to
Uncle Remus, who could hardly understand how
a child could act and talk like a grown person. He
regarded the child with a puzzled look, and

closed his eyes with a sigh. The child had no idea that Uncle Remus was either puzzled or amazed, and so he harked back to the original problem. "Why is the buzzard bald-headed?" he asked.

"Ef yo' ma an' yo' gran'ma dunno," replied Uncle Remus, "I speck I'll hatter tell you, an' de bes' way ter do dat is ter tell de tale dat de ol' folks tol' der chillun. What make it mo' easy, is dat dey ain't nothin' er Brer Turkey Buzzard in it but his name. Ef he wuz in it hisse'f, I don't speck you 'd stay long nuff fer ter hear me tell it." The child laughed, for he remembered how he wanted to run away from the tree when old Mrs. Buzzard came flopping out. He laughed, but said nothing, and Uncle Remus resumed:

"Dey wuz a time when Brer Rabbit live in one side uv a holler tree. One day whiles he wuz gwine pirootin' roun', ol' Miss Turkey Buzzard come knockin' at de do', an' when she don't hear nothin' she stuck 'er head in an' look roun'. Ter see 'er den an' see 'er now you would n't know she wuz de same creetur. She had a fine top-knot on 'er head, bigger dan de one on de freezlin' hen,

which de win' done blow all her fedders de wrong
way. Yasser, she had a fine top-knot, an' she 'uz
purty good-lookin'.

"Well, suh, she peeped in, she did, an' den she
seed dat dey wa' n't nobody in dar, needer Gran-
daddy Owl, ner Brer Polecat, ner Brer Rattle-
snake. She take an'er look, an' den in she walked,
an' made 'erself mighty much at home. It ain't
take ol' Miss Buzzard long fer ter fix her nes',
kaze she ain't want nothin' but five sticks an' a
han'ful er leaves. She went out an' fotch um in
an' dar she wuz. She went right straight ter
housekeepin', kaze she ain't had ter put down no
kyarpits, ner straighten out no rugs, ner move de
cheers roun', ner wash no dishes.

"Well, long todes night, er maybe a little later,
Brer Rabbit come home, an' like he mos' allers
done, he come a-laughin'. He been projickin' wid
some er de yuther creeturs, an he wuz mighty
pleased wid hisse'f. When he fus' come he ain't
take no notice er ol' Miss Buzzard. He come in
a-laughin', an' he laugh twel he don't wanter
laugh no mo'. But bimeby he 'gun ter take notice

dat ever'thing wa' n't des like it use ter be. He
'low, 'Somebody done been here while I 'm gone,
an' whoever 'twuz, is got a mighty bad breff.' He
keep still, kaze 'twuz mighty dark in de holler, but
he keep on wig-
glin' his nose an'

"Long todes night, er maybe a little later, Brer Rabbit come home"

tryin' ter sneeze. Bimeby, he say, 'I dunner who
'twuz; all I know, is dat he better go see de doctor.'

"Dis 'uz too much fer ol' Miss Buzzard, an'
she say, 'I thank you kin'ly, Brer Rabbit! Youer
in de way er makin' frien's wharsomever you go!'
Brer Rabbit, he jump mos' out 'n his skin, he

wuz so skeer'd. He cotch his breff an' sneeze, an'
den he 'low, 'Heyo, Sis Buzzard! is dat you? I
thought you stayed in de trees. What win' blow
you here, an' how is ol' Brer Buzzard?' She say,
'Oh, he's doin' ez well ez you kin speck a man
ter do; he's 'way fum home when he oughter be
dar, an' when he's dar, he's in de way. Men
folks is monstus tryin', Brer Rabbit; you know
dat yo'se'f.' Brer Rabbit 'low, 'I ain't 'sputin'
what you say, but when wimmen gits out er sorts,
an' has de all-overs, ez you may say, de men folks
has ter b'ar de brunt er der ailments. You kin put
dat down fer a fack.'

"Dey went on dat a-way, 'sputin' 'bout de seck
twel ol' Miss Buzzard 'gun ter git sleepy. She say,
'Brer Rabbit, ef you took mo' time for sleep,
you'd be lots better off.' Brer Rabbit 'low, 'May-
be so — maybe so, Sis Buzzard, but I can't help
my habits. I'm a light sleeper, but I wuz born so,
an' if you so much ez move endurin' er de night
I'll have one eye open.' Ol' Miss Buzzard say,
'Ef dat's de case, Brer Rabbit, I'll thank you
fer ter wake me ef you hear a snake crawlin'.

Dey ain't many things I 'm afeard un, an' one uv um is a snake.' Brer Rabbit laugh hearty, an' low, 'Ef snakes wuz all dat trouble me, Sis Buzzard, I 'd be mo' dan happy. Many an' many's de time when I uv woke up an' foun' um quiled up in my britches laig.' Miss Buzzard, she sorter flutter her wings, an' say, 'Oh, hush, Brer Rabbit! you gi' me de creeps; you sho do.'

"Dat 'uz de fust night," said Uncle Remus, flinging away a quid of tobacco and taking a fresh one. "By de nex' day ol' Miss Buzzard had done took up her 'bode an' lodgin' whar Brer Rabbit wuz livin' at. He ain't say nothin', kaze he des waitin' de time when he kin play some kinder prank on her an' her fambly. All dat he need fer ter brace 'im up wuz ter have a mighty strong stomach, an' he thank de Lord dat he got dat. Time went on, an' ez any kinder soun' egg will hatch ef you gi' it time, so ol' Miss Buzzard egg hatch, an' mos' 'fo' you know it, ef you ain't hatter live dar like Brer Rabbit, she hatch out her eggs an' have a pair er mighty likely chillun, ef you kin call Buzzards likely.

"Ol' Miss Buzzard wuz monstus proud er deze young uns, an' de time come when she wuz hard put ter git um vittles. She 'd fly off an' dey 'd

"Ol' Miss Buzzard wuz monstus proud er deze young uns"

holler fer sump'n ter eat when dey hear 'er come back, an' it got so atter while dat dey 'd hatter go hongry, dey wuz so ravenous. An' den she 'gun ter look sideways at Brer Rabbit. He knew mighty well what she thinkin' 'bout, but he ain't say nothin'. He 'd come an' go des like ol' Miss Buzzard want in de back part er her head, but all de time, he know'd what she plannin' ter do, an' he ack accordin'. He low ter ol' Miss Buzzard dat he know she wanter be kinder private when she raisin' a fambly, an' ez dey wuz two hollers in de tree, he say he gwinter make his home in de yuther one. Miss Buzzard, she say, she did, dat Brer Rabbit wuz mighty good fer ter be thinkin' 'bout yuther people, but Brer Rabbit make a bow an' say he been raise dat a-way.

"But 'fo' Brer Rabbit went in de yuther holler he made sho dat dey wuz mo' dan one way er gittin' out. He went in dar, he did, an' scratch about an' make a new bed, an' den he git in it fer ter git it warm. He set dar wid one eye open an' t'er one shot. He sot so still dat ol' Miss Buzzard got de idee dat he gone abroad,

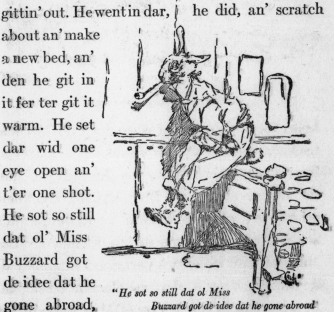

"He sot so still dat ol Miss Buzzard got de idee dat he gone abroad"

an' so when her chillun cry fer dey dinner, she
say, 'Don't cry, honey babies; mammy gwine
ter git you a
good warm
dinner 'fo'
long, an' it 'll
be fresh meat,
too, you kin
'pen' on dat.'
De chillun, dey
cry wuss at dis,
kaze dey so
hongry dey
don't wanter
wait a minnit.
Dey say, 'Git it

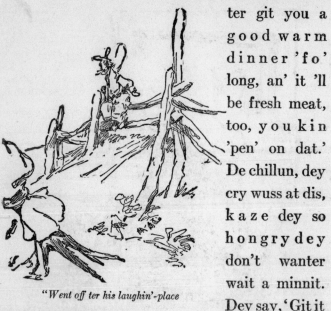

"Went off ter his laughin'-place

now, mammy! git it now!' Ol' Brer Rabbit wuz
settin' in dar lis'nin', an' he 'low ter hisse'f, 'It'll
tas'e mighty good when you does git it, honey
babies!' Wid dat, he skip out fum dar, an' went
off ter his laughin'-place."

"Atter so long a time, ol' Miss Buzzard went
'roun' ter de yuther holler, an' peep in. Ef Brer

Rabbit had 'a' been in dar, she wuz gwineter ax 'im how he like his new house, but he wa' n't **dar,**

"She 'uz mighty glad dat Brer Rabbit wa'n't dar"

an' she hove a long breff, kaze when you gwineter do mischief, it seem like eve'ybody know what

you gwineter do. Anyhow, she 'uz mighty glad
dat Brer Rabbit wa' n't dar fer ter look at 'er wid
his pop-eyes. Den she tell her chillun dat she
gwine off atter some vittles, an' she flop 'er wings
a time er two, an' off she flew'd.

"Dey got 'long tollable well dat day an' de
nex' but 'twant long 'fo' der craw 'gun ter feel
like a win'-bag, an' den dey set up a cry fer mo'
vittles, an' der mammy ain't got no vittles fer ter
gi' um. Brer Rabbit went abroad mighty soon dat
day, an' atter he had his fill er fun an' turnip
greens he come home an' went ter bed. He went
ter bed, he did, an' went ter sleep, but he ain't
sleep long, kaze he hear some kinder noise. He
wake up, an' open an' shet his pop-eyes kinder
slow, an' wiggle his mouf an' nose. He kin hear
ol' Miss Buzzard trompin' roun' at his front door,
kinder hummin' a chune ter herself. He say,
'Heyo, dar! who dat projickin' at my front do'?'
Ol' Miss Buzzard, she say, 'Take yo' res', Brer
Rabbit; 'tain't nobody but me. I got de idee dat
some un wuz pirootin' roun' de place, an' I des
got up fer ter see dat everything wuz all right.'

"Brer Rabbit say, 'It 's mighty dark in here,' an' 'A mighty good reason,' sez ol' Miss Buzzard, se'she, 'kaze it 's black night out here,' se'she;

"De mornin sun wuz shinin thoo a knot-hole right in Brer Rabbit's face"

you can't see yo' han' befo' you,' se'she. Dis make Brer Rabbit laugh, kaze de mornin' sun wuz shinin' thoo a knot-hole right in Brer Rabbit's face. He laugh an' low ter hisse'f, 'Shoot yo' shekels, ol' 'oman, an' shoot um hard, kaze youer gwineter git de rough een' er dis business. You hear my horn!' He hear ol' Miss Buzzard walkin' roun' out dar, an' he holler out, 'I can't git out! I b'lieve it 's daytime out dar, an' I can't git out! Somebody better run here an' he'p me ter git out. Some un done lock me in my own house, an' I can't git out! Ain't somebody gwineter run here an' turn me out! I can't git a breff er fresh a'r.'

"Well, ol' Miss Buzzard ain't got no mo' sense dan ter b'lieve Brer Rabbit, an' she wuz des certain an' sho dat he wuz her meat. She say, 'I'm de one what shet you up in dar, an' I 'm gwine ter keep you in dar twel youer done dead, an' den I 'll pull de meat off'n yo' bones, bofe fat an' lean, an' feed my chillun. I done got you shot up wid red clay an' white, an' I 'm gwineter keep you in dar bofe day an' night, twel you ain't got no breff in you.' Wid dat she went in her own house an' sot down wid 'er chillun fer ter wait an' see what gwineter happen. Brer Rabbit he stay still fer de longes', kaze he one er de mos' fidgetty creeturs you yever is lay yo' eyes on. He stay right still, he did, twel ol' Miss Turkey Buzzard git tired er waitin' an' come out fer ter promenade up an' down 'fo' Brer Rabbit front do'.

"He hear de ol' huzzy, an' he say, 'I know you des jokin' wid me, Sis Buzzard; please, ma'am, le' me out. My breff gittin' shorter, an' dish yer an' what in here smell mos' ez bad ez what yo' breff do. Please, ma'am, make 'as'e an' let me out.' Den she got mad. 'My breff, I hear you say! Well, 'fo' I git thoo wid you, you won't have no breff—I prommus you dat.' Atter ol' Miss Buzzard went back in her part er de house, Brer Rabbit tuck a notion dat he'd git out er dar, an' pay 'er back fer de ol' an' de new. An' out er his back door he went. He ain't take time fer ter go ter de laughin'-place—no, suh! not him. Stidder dat he put off ter whar he know'd Mr. Man had been cle'rin' up a new groun'. Dey wuz a tin bucket what Mr. Man had done off an' forgot, an' Brer Rabbit tuck dat an' fill it full er red-hot embers, an' went sailin' back home wid it.

"When he git dar, he stuck his head in Miss
Buzzard do', an' low, 'Peep-eye, Sis Buzzard! I
hope you done had yo' dinner ter day, an' ef you
ain't I got it right here fer you an' you mo' dan
welcome ter all dat 's in it.' He ain't mo' dan got
de words out 'n his mouf, 'fo' ol' Miss Buzzard
flew'd out at 'im des like she flew'd out at you, de
yuther day. She flew'd out, she did, but she ain't
flew'd fur 'fo' she got de hot ashes over her head

an' neck, an' de way she hopp'd 'roun'
wuz so scandalious dat folks
calls dat kinder doin's de
buzzard-dance down ter
dis day an' time.

"Some er de ashes got
on de little buzzards, an
fum dat time on none
er de buzzard tribe is
had any ha'r er fed-
ders on der head,
an' not much on der
neck. An' ef you look
at um right close,

*"She got de hot ashes over her head
an' neck"*

you 'll fin' dat I 'm 'a' tellin' you de plain trufe.
Dey look so ba'r on der head an' neck dat you
wanter gi' um a piece er rag fer to tie roun' it ter
keep um fum ketchin' col'."

X

BROTHER DEER AN' KING SUN'S DAUGHTER

IT is only fair to say that the little boy came to the plantation somewhat prejudiced. His mother, had never known the advantages of association with the old-time negroes, and was a great stickler for accuracy of speech. She was very precise in the use of English and could not abide the simple dialect in which the stories had been related to the little boy's father. She was so insistent in this matter that the child's father, when asked for a story such as Uncle Remus had told him, thought it best to avoid the dialect that he knew so well. In consequence, the essence of the stories was dissipated for the child, and he lacked the enthusiasm which Uncle Remus had hoped to find.

But this enthusiasm came by degrees as Uncle Remus wandered from one tale to another. The

child never told his mother how he enjoyed the
stories, and yet he came to play the part that had
been played by his father long before he was
born, and matters came to such a pass, that, if he
was long with Uncle Remus without hearing a
story, he straightway imagined that the old man
was angry or out of sorts. The lad was gaining in
health and strength every day he remained on the
plantation, and in consideration of this fact —
and as the result of wise diplomacy of Uncle
Remus — the child's mother relaxed the disci-
pline that she had thought necessary for his wel-
fare, so that not many weeks elapsed before his
cheeks became ruddy with health. Uncle Remus
hailed him as a town rowdy, and declared that
the plantation would soon be too small to hold
him.

"I pity yo' gran'ma," said Uncle Remus,
"kaze ef you stay roun' here, she 'll hatter buy all
de 'j'inin' plantations ef she gwineter keep you
on her lan'."

There was no more corn to be hauled, but there
was harness to be mended, and the little boy, sit-

ting on a high stool in the workshop, or leaning against Uncle Remus, watched the operation with great interest. He observed one day that the old man was frowning darkly. His forehead was puckered into knots and seamed with wrinkles that did not belong there, and his eyebrows were drawn together over his nose.

"What is the matter with you, Uncle Remus? Are you angry, or are you going to cry?"

"I 'll tell you de trufe, honey. I 'm mighty nigh on de p'int er cryin'. You see my face puckered up, don't you? Well, ef you had ez much on yo' min' ez what I got on mine, you 'd be boohooin' same ez a baby. I tell you dat. An' des ter show you dat I 'm in deep trouble, I 'll ax you ter tell me how many times dey is."

"How many times? How many times what?" the child inquired.

Uncle Remus regarded him sorrowfully, and then returned to his work with a heavy sigh. "Did I ax you 'bout what? No, I ain't; I ax'd you 'bout times. I say ez plain ez writin': 'How many times is dey?' an' you 'spon', 'How many

times what?' It look mighty funny ter me. Dar's
daytime an' night-time, bedtime an' meal-time,
an' some time an' no time, an' high time an' fly
time, an' long time an' wrong time, 'simmon time
an' plum time. Dey ain't no use er talkin'; it 's
nuff fer ter make yo' head swim. I been tryin' fer
ter count um up, but de mo' I count um up de
mo' dey is."

The little boy looked at the old man with a
half-smile on his face. He was plainly puzzled,
but he did n't like to admit it even to himself.
"Why do you want to know how many times
there are?" he asked.

"Kaze I wanter live an' l'arn," replied Uncle
Remus. "Le' me see," he went on, puckering his
face again. "Dars de ol' time an' de new time, de
col' time an' de due time — bless yo' soul, honey,
I can't count um up. No, suh; you 'll hatter
skusen me!"

He paused and looked at the little boy to see
what the child could make out of all he had
said.

He saw nothing in the small countenance but

curiosity. "What made you think of it?" was the
question the child asked.

"Mos' eve'ything I see make me think 'bout it,
an' you 'll think 'bout it you'se'f, when you come
ter be ol' ez what I is. But de reason it wuz run-
nin' in my head dis time wuz kaze I start ter tell a
tale widout knowin' when de time wuz. I know it
wuz 'way back yander, but de mont' er de year I
can't tell, an' when I try ter fix on de time eve'y-
thing look dim an' smoky, an' I say ter myse'f
dat dey mus' be a fog in my mind."

"Can't you tell the story unless you can find
out about the time?" inquired the little boy.

"Tooby sho' I kin, honey; but you 'd b'lieve it
lots quicker ef you know'd what time it happen.
'Fo' yo' great-gran'ma died she had a trunk full
er ollymenacks, an' I boun' you ef I had 'em here
whar you could look at um, we would n't have no
trouble. I speck dey done got strow'd about
endurin' er de war time.

"Well, anyhow, once 'pon a time, when dey
wuz mighty few folks in de worl', ef any, Brer
Deer fell in love wid ol' King Sun's daughter."

Having made this preliminary statement, Uncle
Remus paused to see what effect it had on the
child. Amazement and incredulity were written
on the little boy's face, observing which the old
man smiled. "You nee'nter git de idee in yo'
head dat ol' King Sun is like he wuz in dem days.
No, bless you! He wuz des ez diffunt ez dem
times wuz fum deze times, an' when you git ter
readin' in de books you 'll fin' out what de
diffunce wuz. He wuz closer by, an' he ain't hide
out at night like he does now. He wuz up in de
sky, but he ain't live ez high up; he wuz mo'
neighborly, ez you may say.

"He live so close by dat he useter sen' de
house-gal down ter de spring fer drinkin'-water.
Three times a day she 'd come ter fetch it; she 'd
clime down wid de bucket in her han' an' she 'd
clime back wid de bucket on her head, an' she 'd
sing bofe ways, comin' an' gwine. In dem times
dey all know 'd dat ol' King Sun had a daughter,
but dey ain't know what 'er name is; an' dey
know she wuz purty. Well, Brer Deer he hear talk
un 'er, an' he tuck a notion dat he gwineter mar-

ry 'er, but he dunner how he gwineter git up dar
whar she live at. He study an' study, but he can't
fin' no way.

"He was settin' down by de road studyin' out a
plan fer ter git word ter de gal, when ol' Brer
Rabbit come lopin' down de lane. He mus' a been
playin' hoss, kaze when he see Brer Deer, he shied
an' sneezed, he did, an' make like he gwineter
run away. But he ain't run. He pass de time er
day wid Brer Deer an' ax 'im how his copper-
osity seem to segashuate. Brer Deer 'low dat his
copperosity is segashuatin' all right, but he got
trouble in his min' an' he can't git it out. He
looked mighty sollumcolly when he say dis, an'
Brer Rabbit say he sorry.

"He sot down, Brer Rabbit did, an' cross his
legs, an' rub his chin same like de doctor do when
he gwineter slap a dose er bitter truck on yo' in-
sides. He rub his chin, he did, an' look like he
know all dey is fer ter be know'd. He say, 'Brer
Deer, when I wuz growin' up I useter hear de ol'
folks say dat a light heart made a long life, an'
I b'lieve um. I sho' does. Dey know'd what dey

wuz talkin' 'bout, kaze I done had de speunce un it.

"Brer Deer shuck his head an' grieve. Ef he'd 'a' had a hankcher, he 'a' had need un it right den an' dar, but he wink his eye fas' fer ter git de tears out 'n um. He 'low, 'I speck youer tellin' me de trufe, Brer Rabbit, but I can't he'p it ef you is. I am what I am, an' I can't be no ammer. I feels mo' like cryin' dan I does like eatin', an' I'm dat fractious dat I can't skacely see straight. Ol' Mr. Ram tol' me howdy a while ago, an' I ain't done a thing but run at 'im an butt him slonchways. You nee'nter tell me dat I ain't got no business fer ter do dat a-way; I des can't he'p it.'

"Brer Rabbit kinder edge hisse'f away fum Brer Deer. He say, 'Dat bein' de case, Brer Deer, I speck I better gi' you mo' room. When I lef' home dis mornin' my ol' 'oman 'low: "You better take keer er yo'se'f, honey," an' I'm gwineter do dat identual thing. I dunno dat I'm skeered er gittin' hurted, but I'm monstus ticklish when de horned creeturs is roun'.' Brer

Deer say: 'You nee'nter be fear'd er me, Brer
Rabbit. I been knowin' you a long time, an'
many 's de night dat we bofe graze in de same
pastur', you a-nibblin' on de green grass an' me
a-crappin' it. I 'm monstus glad I run 'cross you,
kaze ef I can't tell my troubles ter some un, I
b'lieve in my soul I 'll bust wide open.'

"Wid dat Brer Deer went on fer ter tell Brer
Rabbit dat he done fell dead in love wid ol' King
Sun's daughter. He dunner how come it ter be so,
but anyhow so it is. He ain't had no talk wid 'er;
he ain't mo' dan cotch a glimp' er de gal, yet dar
he wuz dead in love wid 'er. Brer Rabbit mought
laugh at 'im ef he wanter; he'll des set dar an'
take it. He talk an' talk, he did, twel Brer Rabbit
got right sorry fer 'im. He sot dar, he did, an'
study, an' he tell Brer Deer dat he'll he'p 'im ef
he kin, an' he mos' know he kin.

"Brer Deer raise his head, an' open his eyes.
He say, 'Brer Rabbit, you 'stonish me—you
sho' does. Ef you'll he'p me out in dis, I'll stan'
by you thoo thick an' thin.' But Brer Rabbit say
he ain't doin' it fer no pay; he done lay by his

crap, an' he ain't got nothin' much ter do, an' he say he'll he'p Brer Deer des fer ter keep his han' in. Brer Deer look like he wuz might'ly holp up. Fust he smole a smile, an' den he broke out in a laugh. He say, 'Youer de man fer my money!'

"Brer Rabbit kinder wiggle his nose. He say, 'Ef you keep yo' money twel you think you got too much, you'll have it by you fer many a long year ter come.' Wid dat, he got up an' bresh de dus' off'n his britches, an' shuck han's wid Brer Deer. He say, 'I hope fer ter have some good news fer you de nex' time we meet in de big road.' He bowed, he did, an' den off he put, lippity-clip. He look back fer ter see ef Brer Deer wuz follerin' 'im, but Brer Deer had sense 'nuff fer ter hunt 'im a cool place in de woods, whar he kin take de fust nap what he had in many a night an' day.

"Brer Rabbit lope off todes de spring, kaze he know'd dat de spring wuz de place whar King Sun's house-gal come atter water—an' she hatter tote a mighty heap un it. It look like de mo' water what King Sun drunk de mo' he want, an' dat bein' de case, de gal had 'bout ez much totin' ez she kin do. Brer Rabbit went down ter de spring, but dey wa'n't nobody dar, an' he look in it an' see hisse'f in de water. Dar he wuz, his ha'r all comb, his face clean, an' he look slicker dan sin. He laugh, he did, an' say ter de Rabbit what he see in de water, 'You sho' is mighty good-lookin', whoever you is, an' ef you blame anybody, don't blame me, kaze I can't he'p it.'

"Now, down at de bottom er de spring wuz ol' man Spring Lizzard. He wuz takin' his mornin' nap, when we hear some un talkin'. He raise up, he did, an' lissen; den he look an' see Brer Rabbit lookin' at hisse'f in de water, an' he holler out, 'Maybe you ain't ez good-lookin' ez you think you is.' Brer Rabbit holler back, 'Hello, dar! dis is de fus time I know'd dat yo' shadder in de water kin talk back at you.'

"Wid dat, Mr. Spring Lizzard come fum under de green moss, an' float ter de top er de water. He pass de time er day wid Brer Rabbit, an' ax 'im whar he gwine, an' what he gwine ter do when he git dar. Brer Rabbit 'low dat he tryin'

" Brer Deer went on fer ter tell Brer Rabbit"

fer ter do a good turn ter a frien' what's in trouble an' den he went on an' tol' de ol' Spring Lizzard 'bout Brer Deer an' King Sun's daughter. De Spring Lizzard say she's a mighty likely gal, kaze he seed her one time when she slip off an' come wid de house-gal atter water. He say she got long ha'r dat look like spun silk, an' eyes dat shine like de mornin' star.

"Brer Rabbit say he don't 'spute it, but what he wanter know is how he kin git word ter King Sun 'bout Brer Deer. De Spring Lizzard say dat's easy. He say dat when de house-gal come atter water, she hatter let down de step-ladder, an' Brer Rabbit kin slip by'er an' go up, er he hisse'f kin git in de bucket an' go up. Brer Rabbit say he kinder jub'us 'bout gwine, kaze he's a kinder home body, an' den de Spring Lizzard 'low dat ef Brer Deer will write a note, he'll take it.

"Well, Brer Deer can't write an' Brer Rabbit kin; so dey fix it up 'twix' um, an' 'twant long 'fo' dey had de note writ, an' Brer Rabbit tuck it an' gi' it ter de Spring Lizzard. He say, 'Don't let it git wet, whatever you does,' and de Spring Liz-

zard ax how it gwineter git wet when he put it in
his pocket? He say dat eve'ybody but him, de
fishes an' de frogs got a wrong idee 'bout water,
kaze 'tain't wet ez it mought be, 'ceppin' on a
rainy day.

"Time went on des like it do now; night swung
by an' day swung in, an' here come King Sun's
house-gal atter a bucket er water. She let down
de step-ladder an' come singin' ter de spring. She
drapped her bucket in, an' de Spring Lizzard
stepped in, an' crope roun' ter whar de shadder
wuz de heaviest. De gal clomb up de step-ladder,
an' pulled it atter her, an' went 'long de path ter
King Sun's house. She took de water in de settin'-
room fer ter gi' King Sun a fresh drink, an' he
grabbed up de gourd an' drunk an' drunk twel it
look like he gwineter bust. Atter dat he went in
de liberry, an' de Spring Lizzard crope out an'
lef' Brer Deer note on de table, an' den he crope
back in de bucket.

"Atter while, King Sun's daughter come
bouncin' in de room atter a drink er water, an'
she see de note. She grab it up an' read it, an' den

she holler: 'Pa, oh, pa! here's a letter fer you, an'
I mos' know dey's sump'n in it 'bout me! La! I
dunner who 't is dat's got de impidence fer ter
put my name in a letter.' Ol' King Sun run his
fingers thoo his beard, des like he combin' it, an'
den he cle'r up his thoat. He take de letter an' hol'
it off fum 'im, an' den put on his specks. He 'low,
'Well, well, well! who'd a thunk it?' an' den he
look at his daughter. She look at de flo' an' pat
'er foot. He say, 'I ain't never hear er sech im-
pidence.' De gal 'low, 'What do he say, pa?' Wid
dat, he han' 'er de letter, an' when she read it,
she got red in de face, an' den she got white. She
think one way, an' den she think an'er. She got
mad an' she got glad, an' den she had de all-
overs, des like gals does deze days when some un
ax um fer ter have um.

"So den, dar 'twuz; Brer Deer want ter marry
de gal, an' de gal dunner whedder she wanter
marry er not. Den ol' King Sun got his pen, an'
put a little water in de ink, kaze it wuz mighty
nigh dried up, an' den he writ a letter back ter
Brer Deer. He say dat ef de one what writ de let-

ter will sen' 'im a bag er gold, he kin have de gal.
He fol' de letter up an' han' it ter de gal, an' she
not knowin' what else ter do, tuck an' put it on
de table whar she fin' de yuther one.

"De Spring Lizzard had his eye on 'er, an'
when she went out'n de room, he clomb up on
de table an' got de letter, an' went back in de
bucket ag'in. Dat evenin' de house-gal hatter
fetch water fer de night, an' she let down de step-
ladder an' went ter de spring. When she dip de
bucket in, de Spring Lizzard, he slide out, an'
went ter his bed un' de long green moss. 'Twant
long 'fo' Brer Rabbit had de letter, an' atter dat,
'twant no time 'fo' Brer Deer know'd what de
intents wuz. 'Twix' an' 'twen um dey got up a
bag er gold, an' Brer Rabbit tuck it ter de spring
whar de house-gal got water.

"De nex' mornin' de daughter come 'erse'f,
kaze she wanter see what kinder man Brer Deer
is. At de spring she fin' a bag er gold. She clap 'er
han's an' holler out: 'Look what I fin'—fin',
fin', fin'y! It's min'—min', min', min'y!' Brer
Rabbit wuz settin' in de bushes, an' Brer Deer

wa'n't fur off, an' dey bofe watch de gal a-
prancin' an' dancin'; an' den, bimeby Brer Deer
went out whar she kin see 'im, an' he des walk up
ter 'er an' say, 'Look what I fin'; honey, youer
mine!' An' dat 'uz de way Brer Deer got ol' King
Sun's daughter."

XI

BROTHER RABBIT'S CRADLE

"I WISH you'd tell me what you tote a hank-cher fer," remarked Uncle Remus, after he had reflected over the matter a little while.

"Why, to keep my mouth clean," answered the little boy.

Uncle Remus looked at the lad, and shook his head doubtfully. "Uh-uh!" he exclaimed. "You can't fool folks when dey git ez ol' what I is. I been watchin' you now mo' days dan I kin count, an' I ain't never see yo' mouf dirty 'nuff fer ter be wiped wid a hankcher. It 's allers clean — too clean ter suit me. Dar's yo' pa, now; when he wuz a little chap like you, his mouf useter git dirty in de mornin' an' stay dirty plum twel night. Dey wa' sca'cely a day dat he did n't look like he been playin' wid de pigs in de stable lot. Ef he yever is tote a hankcher, he ain't never show it ter me."

188

"He carries one now," remarked the little boy with something like a triumphant look on his face.

"Tooby sho'," said Uncle Remus; "tooby sho' he do. He start ter totin' one when he tuck an' tuck a notion fer ter go a-courtin'. It had his name in one cornder, an' he useter sprinkle it wid stuff out'n a pepper-sauce bottle. It sho' wuz rank, dat stuff wuz; it smell so sweet it make you fergit whar you live at. I take notice dat you ain't got none on yone."

"No; mother says that cologne or any kind of perfumery on your handkerchief makes you common."

Uncle Remus leaned his head back, closed his eyes, and permitted a heartrending groan to issue from his lips. The little boy showed enough anxiety to ask him what the matter was. "Nothin' much, honey; I wuz des tryin' fer ter count how many diffunt kinder people dey is in dis big worl', an' 'fo' I got mo' dan half done wid my countin', a pain struck me in my mizry, an' I had ter break off."

"I know what you mean," said the child. "You think mother is queer; grandmother thinks so too."

"How come you ter be so wise, honey?" Uncle Remus inquired, opening his eyes wide with astonishment.

"I know by the way you talk, and by the way grandmother looks sometimes," answered the little boy.

Uncle Remus said nothing for some time. When he did speak, it was to lead the little boy to believe that he had been all the time engaged in thinking about something else. "Talkin' er dirty folks," he said, "you oughter seed yo' pa when he wuz a little bit er chap. Dey wuz long days when you couldn't tell ef he wuz black er white, he wuz dat dirty. He'd come out'n de big house in de mornin' ez clean ez a new pin, an' 'fo' ten er-clock you could n't tell what kinder clof his cloze wuz made out'n. Many's de day when I've seed ol' Miss — dat's yo' great-gran'mammy — comb 'nuff trash out'n his head fer ter fill a basket."

The little boy laughed at the picture that Uncle Remus drew of his father. "He's very clean now," said the lad loyally.

"Maybe he is an' maybe he ain't," remarked Uncle Remus, suggesting a doubt. "Dat's needer here ner dar. Is he any better off clean dan what he wuz when you could n't put yo' han's on 'im widout havin' ter go an' wash um? Yo' gran'-mammy useter call 'im a pig, an' clean ez he may be now, I take notice dat he makes mo' complaint er headache an' de heartburn dan what he done when he wuz runnin' roun' here half-naked an' full er mud. I hear tell dat some nights he can't git no sleep, but when he wuz little like you —no, suh, I'll not say dat, bekaze he wuz bigger dan what you is fum de time he kin toddle roun' widout nobody he'pin' him; but when he wuz ol' ez you an' twice ez big, dey ain't narry night dat he can't sleep—an' not only all night, but half de day ef dey'd 'a' let 'im. Dey ought ter let you run roun' here like he done, an' git dirty. Dey ain't nothin' mo' wholesomer dan a peck er two er clean dirt on a little chap like you."

There is no telling what comment the child would have made on this sincere tribute to clean dirt, for his attention was suddenly attracted to something that was gradually taking shape in the hands of Uncle Remus. At first it seemed to be hardly worthy of notice, for it had been only a thin piece of board. But now the one piece had become four pieces, two long and two short, and under the deft manipulations of Uncle Remus it soon assumed a boxlike shape.

The old man had reached the point of his work where silence was necessary to enable him to do it full justice. As he fitted the thin boards together, a whistling sound issued from his lips, as though he were letting off steam; but the singular noise was due to the fact that he was completely absorbed in his work. He continued to fit and trim, and trim and fit, until finally the little boy could no longer restrain his curiosity. "Uncle Remus, what are you making?" he asked plaintively.

"Larroes fer ter kech meddlers," was the prompt and blunt reply.

"Well, what are larroes to catch meddlers?" the child insisted.

"Nothin' much an' sump'n mo'. Dicky, Dicky, killt a chicky, an' fried it quicky, in de oven, like a sloven. Den ter his daddy's Sunday hat, he tuck 'n' hitched de ol' black cat. Now what you reckon make him do dat? Ef you can't tell me word fer word an' spellin' fer spellin' we 'll go out an' come in an' take a walk."

He rose, grunting as he did so, thus paying an unintentional tribute to the efficacy of age as the partner of rheumatic aches and stiff joints. "You hear me gruntin'," he remarked — "well, dat's bekaze I ain't de chicky fried by Dicky, which he e't 'nuff fer ter make 'im sicky." As he went out the child took his hand, and went trotting along by his side, thus affording an interesting study for those who concern themselves with the extremes of life. Hand in hand the two went out into the fields, and thence into the great woods, where Uncle Remus, after searching about for some time, carefully deposited his oblong box, remarking: "Ef I don't make no mistakes, dis ain't so mighty fur fum de place whar de creeturs has der playgroun', an' dey ain't no tellin' but what one un um 'll creep in dar when deyer playin' hidin', an' ef he do, he 'll sho' be our meat."

"Oh, it 's a trap!" exclaimed the little boy, his face lighting up with enthusiasm.

"An' dey wa' n't nobody here fer ter tell you!" Uncle Remus declared, astonishment in his tone. "Well, ef dat don't bang my time, I ain't no free nigger. Now, ef dat had 'a' been yo' pa at de same age, I'd 'a' had ter tel 'im forty-lev'm times, an' den he would n't 'a' b'lieved me twel he see sump'in in dar tryin' fer ter git out. Den he'd say it wuz a trap, but not befo'. I ain't blamin' 'im," Uncle Remus went on, "kaze 'tain't eve'y chap dat kin tell a trap time he see it, an' mo' dan dat, traps don' allers ketch what dey er sot fer."

He paused, looked all around, and up in the sky, where fleecy clouds were floating lazily along, and in the tops of the trees, where the foliage was swaying gently in the breeze. Then he looked at the little boy. "Ef I ain't gone an'

got los'," he said, " ain't so mighty fur fum de
place whar Mr. Man, once 'pon a time — not yo'
time ner yit my time, but some time — tuck 'n'
sot a trap fer Brer Rabbit. In dem days, dey
had n't l'arnt how to be kyarpenters, an' dish yer
trap what I'm tellin' you 'bout wuz a great big
contraption. Big ez Brer Rabbit wuz, it wuz lots
too big fer him.

"Now, whiles Mr. Man wuz fixin' up dis trap,
Mr. Rabbit wa' n't so mighty fur off. He hear de
saw — er-rash! er-rash! — an' he hear de ham-
mer — bang, bang, bang! — an' he ax hisse'f
what all dis racket wuz 'bout.   He see Mr. Man
come out'n his yard totin' sump'n, an' he got
furder off; he see Mr. Man comin' todes de
bushes, an' he tuck ter de woods; he see
'im comin' todes de woods, an' he tuck ter
de bushes. Mr. Man tote de trap so fur
an' no furder. He put it down, he did, an'
Brer Rabbit watch 'im; he put in de bait, an'
Brer Rabbit watch 'im; he fix de trigger, an'
still Brer Rabbit watch 'im.   Mr. Man look at de
trap an' it satchify him.   He look at it an' laugh,

an' when he do dat, Brer Rabbit wunk one eye,
an' wiggle his mustache, an' chaw his cud.

"An' dat ain't all he do, needer. He sot out in
de bushes, he did, an' study how ter git some
game in de trap. He study so hard, an' he got so
errytated, dat he thumped his behime foot on de
groun' twel it soun' like a cow dancin' out dar in
de bushes, but 'twant no cow, ner yit no calf —
'twuz des Brer Rabbit studyin'. Atter so long a
time, he put out down de road todes dat part er
de country whar mos' er de creeturs live at.
Eve'y time he hear a fuss, he 'd dodge in de
bushes, kaze he wanter see who comin'. He keep
on an' he keep on, an' bimeby he hear ol' Brer
Wolf trottin' down de road.

"It so happen dat Brer Wolf wuz de ve'y one
what Brer Rabbit wanter see. Dey was perlite ter
one an'er, but dey wa' n't no frien'ly feelin' 'twixt
um. Well, here come ol' Brer Wolf, hongrier dan
a chicken-hawk on a frosty mornin', an' ez he
come up he see Brer Rabbit settin' by de side er
de road lookin' like he done los' all his fambly
an' his friends ter boot.

"Dey pass de time er day, an' den Brer Wolf
kinder grin an' say, 'Laws-a-massy, Brer Rabbit,
what ail you? You look like you done had a spell
er fever an' ague; what de trouble?' 'Trouble,
Brer Wolf? You ain't never see no trouble twel
you git whar I 'm at. Maybe you would n't min'
it like I does, kaze I ain't usen ter it. But I boun'
you done seed me light-minded fer de las' time.
I 'm done — I 'm plum wo' out,' sez Brer Rabbit,
sezee. Dis make Brer Wolf open his eyes wide.
He say, 'Dis de fus time I ever is hear you talk
dat a-way, Brer Rabbit; take yo' time an' tell me
'bout it. I ain't had my brekkus yit, but dat don't
make no diffunce, long ez youer in trouble. I 'll
he'p you out ef I kin, an' mo' dan dat, I 'll put
some heart in de work.' When he say dis, he grin
an' show his tushes, an' Brer Rabbit kinder edge
'way fum 'im. He say, 'Tell me de trouble, Brer
Rabbit, an' I 'll do my level bes' fer ter he'p you
out.'

"Wid dat, Brer Rabbit 'low dat Mr. Man
done been hire him fer ter take keer er his truck
patch, an' keep out de minks, de mush-rats, an' de

weasels. He say dat he done so well settin' up
night atter night, when he des might ez well been
in bed, dat Mr. Man prommus 'im sump'n extry
'sides de mess er greens what he gun 'im eve'y
day. Atter so long a time, he say, Mr. Man 'low
dat he gwineter make 'im a present uv a cradle so
he kin rock de little Rabs ter sleep when dey cry.
So said, so done, he say. Mr. Man make de cradle
an' tell Brer Rabbit he kin take it home wid' im.
He start out wid it, he say, but it got so heavy
he hatter set it down in de woods, an' dat 's de
reason why Brer Wolf seed 'im settin' down by de
side er de road, lookin' like he in deep trouble.
Brer Wolf sot down, he did, an' study, an' bime-
by he say he 'd like mighty well fer ter have a
cradle fer his chillun, long ez cradles wuz de
style. Brer Rabbit say dey been de style fer de
longest, an' ez fer Brer Wolf wantin' one, he say
he kin have de one what Mr. Man make fer him,
kaze it 's lots too big fer his chillun. 'You know
how folks is,' sez Brer Rabbit, sezee. 'Dey try ter
do what dey dunner how ter do, an' dar 's der
house bigger dan a barn, an' dar 's de fence wid

mo' holes in it dan what dey is in a saine, an' kaze dey have great big chillun dey got de idee dat eve'y cradle what dey make mus' fit der own chillun. An' dat 's how come I can't tote de cradle what Mr. Man make fer me mo' dan ten steps at a time.'

"Brer Wolf ax Brer Rabbit what he gwineter do fer a cradle, an' Brer Rabbit 'low he kin manage fer ter git long wid de ol' one twel he kin 'suade Mr. Man ter make 'im an'er one, an' he don't speck dat 'll be so mighty hard ter do. Brer Wolf can't he'p but b'lieve dey's some trick in it, an' he say he ain't see de ol' cradle when las' he wuz at Brer Rabbit house. Wid dat, Brer Rabbit bust out laughin'. He say, 'Dat 's been so long back, Brer Wolf, dat I done fergit all 'bout it; 'sides dat, ef dey wuz a cradle dar, I boun' you my ol' 'oman got better sense dan ter set it in de parler, whar comp'ny comes; an' he laugh so loud an' long dat he make Brer Wolf right shame er himse'f.

"He 'low, ol' Brer Wolf did, 'Come on, Brer Rabbit, an' show me whar de cradle is. Ef it 's

too big fer yo' chillun, it 'll des 'bout fit mine.'
An' so off dey put ter whar Mr. Man done sot his
trap. 'Twant so mighty long 'fo' dey got whar
dey wuz gwine, an' Brer Rabbit say, 'Brer Wolf,
dar yo' cradle, an' may it do you mo' good dan
it 's yever done me!' Brer Wolf walk all roun' de
trap an' look at it like 'twuz live. Brer Rabbit
thump one er his behime foots on de groun' an'
Brer Wolf jump like some un done shot a gun
right at 'im. Dis make Brer Rabbit laugh twel
he can't laugh no mo'. Brer Wolf, he say he
kinder nervious 'bout dat time er de year, an'
de leas' little bit er noise 'll make 'im jump. He
ax how he gwineter git any purchis on de cradle,
an' Brer Rabbit say he 'll hatter git inside an'
walk wid it on his back, kaze dat de way he
done done.

"Brer Wolf ax what all dem contraptions on
de inside is, an' Brer Rabbit 'spon' dat dey er de
rockers, an' dey ain't no needs fer ter be skeer'd
un um, kaze dey ain't nothin' but plain wood.
Brer Wolf say he ain't 'zackly skeer'd, but he
done got ter de p'int whar he know dat you better

look 'fo' you jump. Brer Rabbit 'low dat ef dey's any jumpin' fer ter be done, he de one ter do it, an' he talk like he done fergit what dey come fer. Brer Wolf, he fool an' fumble roun', but bimeby he walk in de cradle, sprung de trigger, an' dar he wuz! Brer Rabbit, he holler out, 'Come on, Brer Wolf; des hump yo'se'f, an' I 'll be wid you.' But try ez he will an' grunt ez he may, Brer Wolf can't budge dat trap. Bimeby Brer Rabbit git tired er waitin' an' he say dat ef Brer Wolf ain't gwineter come on he 's gwine home. He 'low dat a frien' what say he gwineter he'p you, an' den go in a cradle an' drap off ter sleep, dat's all he wanter know 'bout um; an' wid dat he made fer de bushes, an' he wa' n't a minnit too soon, kaze here come Mr. Man fer ter see ef his trap had been sprung. He look, he did, an' sho' nuff, it 'uz sprung, an' dey wuz sump'n in dar, too, kaze he kin hear it rustlin' roun' an' kickin' fer ter git out.

"Mr. Man look thoo de crack, an' he see Brer Wolf, which he wuz so skeer'd twel his eye look right green. Mr. Man say, 'Aha! I got you, is I?'

Brer Wolf say, 'Who?' Mr. Man laugh twel he can't sca'cely talk, an' still Brer Wolf say, 'Who? Who you think you got?' Mr. Man 'low, 'I don't think, I knows. Youer ol' Brer Rabbit, dat 's who you is.' Brer Wolf say, 'Turn me outer here, an' I 'll show you who I is.' Mr. Man laugh fit ter kill. He 'low, 'You neenter change yo' voice; I 'd know you ef I met you in de dark. Youer Brer Rabbit, dat 's who you is.' Brer Wolf say, 'I ain't not; dat 's what I 'm not!'

"Mr. Man look thoo de crack ag'in, an' he see de short years. He 'low, 'You done cut off yo' long years, but still I knows you. Oh, yes! an' you done sharpen yo' mouf an' put smut on it — but you can't fool me.' Brer Wolf say, 'Nobody ain't tryin' fer ter fool you. Look at my fine long bushy tail.' Mr. Man 'low, 'You done tied an'er tail on behime you, but you can't fool me. Oh, no, Brer Rabbit! You can't fool me.' Brer Wolf say, 'Look at de ha'r on my back; do dat look like Brer Rabbit?' Mr. Man 'low, 'You done wallered in de red san', but you can't fool me.'

"Brer Wolf say, 'Look at my long black legs;

do dey look like Brer Rabbit?' Mr. Man 'low, 'You kin put an'er j'int in yo' legs, an' you kin smut um, but you can't fool me.' Brer Wolf say, 'Look at my tushes; does dey look like Brer Rabbit?' Mr. Man 'low, 'You done got new toofies, but you can't fool me.' Brer Wolf say, 'Look at my little eyes; does dey look like Brer Rabbit?' Mr. Man 'low, 'You kin squinch yo' eyeballs, but you can't fool me, Brer Rabbit.' Brer Wolf squall out, 'I ain't not Brer Rabbit, an' you better turn me out er dis place so I kin take hide an ha'r off 'n Brer Rabbit.' Mr. Man say, 'Ef bofe hide an' ha'r wuz off, I 'd know you, kaze 'tain't in you fer ter fool me.' An' it hurt Brer Wolf feelin's so bad fer Mr. Man ter 'spute his word, dat he bust out inter a big boo-boo, an' dat 's 'bout all I know."

"Did the man really and truly think that Brother Wolf was Brother Rabbit?" asked the little boy.

"When you pin me down dat a-way," responded Uncle Remus, "I 'm bleeze ter tell you dat I ain't too certain an' sho' 'bout dat. De tale come down fum my great-grandaddy's great-grandaddy; it come on down ter my daddy, an' des ez he gun it ter me, des dat a-way I done gun it ter you."

XII

BROTHER RABBIT AND BROTHER BULL-FROG

THE day that the little boy got permission to go to mill with Uncle Remus was to be long remembered. It was a bran new experience to the city-bred child, and he enjoyed it to the utmost. It is true that Uncle Remus did n't go to mill in the old-fashioned way, but even if the little chap had known of the old-fashioned way, his enjoyment would not have been less. Instead of throwing a bag of corn on the back of a horse, and perching himself on top in an uneasy and a precarious position, Uncle Remus placed the corn in a spring wagon, helped the little boy to climb into the seat, clucked to the horse, and went along as smoothly and as rapidly as though they were going to town.

Everything was new to the lad — the road, the scenery, the mill, and the big mill-pond, and, best

of all, Uncle Remus allowed him to enjoy himself
in his own way when they came to the end of
their journey. He was such a cautious and timid
child, having little or none of the spirit of adven-
ture that is supposed to dominate the young, that
the old negro was sure he would come to no harm.
Instead of wandering about, and going to places
where he had no business to go, the little boy sat
where he could see the water flowing over the big
dam. He had never seen such a sight before, and
the water seemed to him to have a personality of
its own — a personality with both purpose and
feeling.

The river was not a very large one, but it was
large enough to be impressive when its waters fell
and tumbled over the big dam. The little boy
watched the tumbling water as it fell over the
dam and tossed itself into foam on the rocks
below; he watched it so long, and he sat so still
that he was able to see things that a noisier
youngster would have missed altogether. He saw
a big bull-frog creep warily from the water, and
wipe his mouth and eyes with one of his fore legs

and he saw the same frog edge himself softly toward a white butterfly that was flitting about near the edge of the stream. He saw the frog lean forward, and then the butterfly vanished. It seemed like a piece of magic. The child knew that the frog had caught the butterfly, but how? The fluttering insect was more than a foot from the frog when it disappeared, and he was sure that the frog had neither jumped nor snapped at the butterfly. What he saw, he saw as plainly as you can see your hand in the light of day.

And he saw another sight too that is not given to every one to see. While he was watching the tumbling water, and wondering where it all came from and where it was going, he thought he saw swift-moving shadows flitting from the water below up and into the mill-pond above. He never would have been able to discover just what the shadows were if one of them had not paused a moment while half-way to the top of the falling water. It poised itself for one brief instant, as a humming-bird poises over a flower, but during that fraction of time the little boy was able to see

that what he thought was a shadow was really a
fish going from the water below to the mill-pond
above. The child could hardly believe his eyes,
and for a little while it seemed that the whole
world was turned topsy-turvy, especially as the
shadows continued to flit from the water below to
the mill-pond above.

And he was still more puzzled when he report-
ed the strange fact to Uncle Remus, for the old
negro took the information as a matter of course.
With him the phenomenon was almost as old as
his experience. The only explanation that he
could give of it was that the fish — or some kinds
of fish, and he did n't know rightly what kind it
was — had a habit of falling from the bottom of
the falls to the top. The most that he knew was
that it was a fact, and that it was occurring every
day in the year when the fish were running. It was
certainly wonderful, as in fact everything would
be wonderful if it were not so familiar.

"We ain't got but one way er lookin' at
things," remarked Uncle Remus, "an' ef you 'll
b'lieve me, honey, it 's a mighty one-sided way.

Ef you could git on a perch some'rs an' see things like dey reely is, an' not like dey seem ter us, I be boun' you 'd hol' yo' breff an' shet yo' eyes."

The old man, without intending it, was going too deep into a deep subject for the child to follow him, and so the latter told him about the bull-frog and the butterfly. The statement seemed to call up pleasing reminiscences, for Uncle Remus laughed in a very hearty way. And when his laughing had subsided, he continued to chuckle until the little boy wondered what the source of his amusement could be. Finally he asked the old negro point blank what had caused him to laugh at such a rate.

"Yo' pa would 'a' know'd," Uncle Remus replied, and then he grew solemn again and sighed heavily. For a little while he seemed to be listening to the clatter of the mill, but, finally, he turned to the little boy. "An' so you done made de 'quaintance er ol' Brer Bull-Frog? Is you take notice whedder he had a tail er no?"

"Why, of course he did n't have a tail!" exclaimed the child. "Neither toad-frogs nor bull-frogs have tails. I thought everybody knew that."

"Oh, well, ef dat de way you feel 'bout um, 'tain't no use fer ter pester wid um. It done got so now dat folks don't b'lieve nothin' but what dey kin see, an' mo' dan half un um won't b'lieve what dey see less 'n dey kin feel un it too. But dat ain't de way wid dem what 's ol' 'nough fer ter know. Ef I 'd 'a' tol' you 'bout de fishes swimmin' ag'in fallin' water, you would n't 'a' b'lieved me, would you? No, you would n't — an' yit, dar 'twuz right 'fo' yo' face an' eyes. Dar dey wuz a-skeetin' fum de bottom er de dam right up in de mill-pon', an' you settin' dar lookin' at um. S'posin' you wuz ter say dat you won't b'lieve um less'n you kin feel um; does you speck de fish gwineter hang dar in de fallin' water an' wait twel you kin wade 'cross de slipp'y rocks an' put yo' han' on um? Did you look right close fer ter see ef de bull-frog what you seed is got a tail er no?"

The little boy admitted that he had not. He knew as well as anybody that no kind of a frog has a tail, unless it is the Texas frog, which is only a horned lizard, for he saw one once in Atlanta, and it was nothing but a rusty-back lizard with a horn on his head.

"I ain't 'sputin' what you say, honey," said Uncle Remus, "but de creetur what you seed mought 'a' been a frog an' you not know it. One thing I does know is dat in times gone by de bull-frog had a tail, kaze I hear de ol' folks sesso, an' mo' dan dat, dey know'd des how he los' it — de whar, an' de when, an' de which-away. Fer all I know it wuz right here at dish yer identual mill-pon'. I ain't gwine inter court an' make no affle-dave on it, but ef anybody wuz ter walk up an' p'int der finger at me, an' say dat dis is de place whar ol' Brer Bull-Frog lose his tail, I 'd up an' 'low, 'Yasser, it mus' be de place, kaze it look might'ly like de place what I been hear tell 'bout.' An' den I 'd shet my eyes an' see ef I can't git it straight in my dream."

Uncle Remus paused, and pretended to be counting a handful of red grains of corn that he had found somewhere in the mill. Seeing that he

showed no disposition to tell how Brother Bull-
Frog had lost his tail, the little boy reminded him
of it. But the old man laughed. "Ef Brer Bull-
Frog ain't never had no tail," he said, "how de
name er goodness he gwineter lose um? Ef he
yever is had a tail, why den dat 's a gray hoss uv
an'er color. Dey 's a tale 'bout 'im havin' a tail
an' losin' it, but how kin dey be a tale when dey
ain't no tail?"

Well, the little boy did n't know at all, and he
looked so disconsolate and so confused that the
old negro relented. "Now, den," he remarked,
"ef ol' Brer Bull-Frog had a tail an' he ain't got
none now, dey must 'a' been sump'n happen. In
dem times — de times what all deze tales tells
you 'bout — Brer Bull-Frog stayed in an' aroun'
still water des like he do now. De bad col' dat he
had in dem days, he 's got it yit — de same pop-
eyes, an' de same bal' head. Den, ez now, dey
wa' n't a bunch er ha'r on it dat you could pull
out wid a pa'r er tweezers. Ez he bellers now, des
dat a-way he bellered den, mo' speshually at night.
An' talk 'bout settin' up late — why, ol' Brer

Bull-Frog could beat dem what fust got in de habits er settin' up late.

"De yuther creeturs can't git no sleep,

"Dey 's one thing dat you 'll hatter gi' 'im credit fer, an' dat wuz keepin' his face an' han's clean, an' in takin' keer er his cloze. Nobody, not even his mammy, had ter patch his britches er tack buttons on his coat. See 'im whar you may an' when you mought, he wuz allers lookin' spick an' span des like he done come right out'n a ban'-box. You know what de riddle say 'bout 'im; when he stan' up he sets down, an' when he walks he hops. He 'd 'a' been mighty well thunk un, ef it had n't but 'a' been fer his habits. He holler so much at night dat de yuther creeturs can't git no sleep. He 'd holler an' holler, an' 'bout de time you think he bleeze ter be 'shame' er hollerin' so much, he 'd up an' holler ag'in. It got so dat de creeturs hatter go 'way off some'rs ef dey wanter git any sleep, an' it seem like dey can't git so fur off but what Brer Bull-Frog would wake um up time dey git ter dozin' good.

"He 'd raise up an' 'low, '*Here I is! Here I is! Wharbouts is you? Wharbouts is you? Come along! Come along!*' It 'uz des dat a-way de whole blessed night, an' de yuther creeturs, dey say dat it sholy was a shame dat anybody would set right flat-footed an' ruin der good name. Look like he

pestered ev'ybody but ol' Brer Rabbit, an' de rea-
son dat he liked it wuz kaze it worried de yuther
creeturs. He 'd set an'

"He'd set an' lissen,   .   .   .   an' den he'd laugh fit ter kill"

lissen, ol' Brer Rabbit would, an' den he 'd
laugh fit ter kill kaze he ain't a-keerin' whed-

der er no he git any sleep er not. Ef dey 's anybody what kin set up twel de las' day in de mornin' an' not git red-eyed an' heavy-headed, it 's ol' Brer Rabbit. When he wanter sleep, he 'd des shet one eye an' sleep, an' when he wanter stay 'wake, he 'd des open bofe eyes, an' dar he wuz wid all his foots under 'im, an' a-chawin' his terbacker same ez ef dey wa' n't no Brer Bull-Frog in de whole Nunited State er Georgy.

"It went on dis way fer I dunner how long — ol' Brer Bull-Frog a-bellerin' all night long an' keepin' de yuther creeturs 'wake, an' Brer Rabbit a-laughin'. But, bimeby, de time come when Brer Rabbit hatter lay in some mo' calamus root, ag'in de time when 't would be too col' fer ter dig it, an' when he went fer ter hunt fer it, his way led 'im down todes de mill-pon' whar Brer Bull-Frog live at. Dey wuz calamus root a-plenty down dar, an' Brer Rabbit, atter lookin' de groun' over, promise hisse'f dat he 'd fetch a basket de nex' time he come, an' make one trip do fer two. He ain't been down dar long 'fo' he had a good chance

fer ter hear Brer Bull-Frog at close range. He
hear him, he   did, an' he shake his head
an' say dat a   mighty little bit er dat mu-
sic would go a long ways,

"His way led 'im down todes de mill-pon'"

kaze dey ain't nobody what kin stan' flat-foot-
ed an' say dat Brer Bull-Frog is a better
singer dan de mockin'-bird.

"Well, whiles Brer Rabbit wuz pirootin' roun' fer ter see what mought be seed, he git de idee dat he kin hear thunder way off yander. He lissen ag'in, an' he hear

"He lissen ag'in, an' hear Brer Bull-Frog mumblin' an' grumblin'"

Brer Bull-Frog mumblin' an' grumblin' ter his-se'f, an' he must 'a' had a mighty bad col', kaze his talk soun' des like a bummil-eye bee been kotch in a sugar-barrel an' can't git

out. An' dat creetur must 'a' know'd dat Brer
Rabbit wuz down in dem neighborhoods, kaze,
atter while, he 'gun to talk louder, an' yit mo'
louder. He say, '*Whar you gwine? Whar you
gwine?*' an' den, '*Don't go too fur — don't go too
fur!*' an', atter so long a time, '*Come back—
come back! Come back soon!*' Brer Rabbit, he
sot dar, he did, an' work his nose an' wiggle
his mouf, an' wait fer ter see what gwineter
happen nex'.

"Whiles Brer Rabbit settin' dar, Brer Bull-
Frog fall ter mumblin' ag'in an' it look like he
'bout ter drap off ter sleep, but bimeby he talk
louder, '*Be my frien' — be my frien'! Oh, be my
frien'!*' Brer Rabbit wunk one eye an' smole
a smile, kaze he done hear a heap er talk like dat.
He wipe his face an' eyes wid his pocket-hank-
cher, an' sot so still dat you'd 'a' thunk he wa'n't
nothin' but a chunk er wood. But Brer Bull-
Frog, he know'd how ter stay still hisse'f, an' he
ain't so much ez bubble a bubble. But atter
whiles, when Brer Rabbit can't stay still no mo',
he got up fum whar he wuz settin' at an' mosied

out by de mill-race whar de grass is fresh an' de
trees is green.

"Brer Bull-Frog holla, '*Jug-er-rum — jug-er-
rum! Wade in here — I 'll gi' you some!*' Now dey
ain't nothin' dat ol' Brer Rabbit like better dan a
little bit er dram fer de stomach-ache, an' his
mouf 'gun ter water right den an' dar. He went
a little closer ter de mill-pon', an' Brer Bull-Frog
keep on a-talkin' 'bout de jug er rum, an' what he
gwine do ef Brer Rabbit will wade in dar. He look
at de water, an' it look mighty col'; he look ag'in
an' it look mighty deep. It say, 'Lap-lap!' an' it
look like it 's a-creepin' higher. Brer Rabbit
drawed back wid a shiver, an' he wish mighty
much dat he 'd 'a' fotch his overcoat.

"Brer Bull-Frog say, '*Knee deep — knee deep!
Wade in — wade in!*' an' he make de water bub-
ble des like he takin' a dram. Den an' dar,
sump'n n'er happen, an' how it come ter happen
Brer Rabbit never kin tell; but he peeped in de
pon' fer ter see ef he kin ketch a glimp er de jug,
an' in he went — *kerchug!* He ain't never know
whedder he fall in, er slip in, er ef he was pushed

in, but dar he wuz! He come mighty nigh not 'git-
tin out; but he scramble
an' he scuffle twel he git

"In he went — kerchug!"

back ter de bank whar he kin clim' out, an' he
stood dar, he did, an' kinder shuck hisse'f, kaze
he mighty glad fer ter fin' dat he 's in de worl'
once mo'. He know'd dat a leetle mo' an' he 'd 'a'
been gone fer good, kaze when he drapped in, er
jumped in, er fell in, he wuz over his head an'
years, an' he hatter do a sight er kickin' an' scuf-
flin' an' swallerin' water 'fo' he kin git whar he
kin grab de grass on de bank.

"He sneeze an' snoze, an' wheeze an' whoze,
twel it look like he 'd drown right
whar he wuz stan'in' any way you
kin fix it. He say ter hisse'f
dat he ain't never gwine-
ter git de tas'e er river
water outer his
mouf an' nose, an'
he wonder how in de
worl' dat plain wa-
ter kin be so watery.
Ol' Brer Bull-Frog,
he laugh like a
bull in de pastur',

*"He wonder how in de worl' dat plain
water kin be so watery"*

an' Brer Rabbit gi' a sidelong look dat oughter
tol' 'im ez much ez a map kin tell one er deze yer
school scholars. Brer Rabbit look at 'im, but he
ain't say narry a word. He des shuck hisse'f once
mo', an' put out fer home whar he kin set in
front er de fire an' git dry.

"Atter dat day, Brer Rabbit riz mighty soon
an' went ter bed late, an' he watch Brer Bull-
Frog so close dat dey wa' n't nothin' he kin do
but what Brer Rabbit know 'bout it time it 'uz
done; an' one thing he know'd better dan all —
he know'd dat when de winter time come Brer
Bull-Frog would have ter pack up his duds an'
move over in de bog whar de water don't git friz
up. Dat much he know'd, an' when dat time
come, he laid off fer ter make Brer Bull-Frog's
journey, short ez it wuz, ez full er hap'nin's ez de
day when de ol' cow went dry. He tuck an' move
his bed an' board ter de big holler poplar, not fur
fum de mill-pon', an' dar he stayed an' keep one
eye on Brer Bull-Frog bofe night an' day. He
ain't lose no flesh whiles he waitin', kaze he ain't
one er deze yer kin' what mopes an' gits sollum-

colly; he wuz all de time betwixt a grin an' a giggle.

"He know'd mighty well — none better — dat time goes by turns in deze low groun's, an' he wait fer de day when Brer Bull-Frog gwineter move his belongin's fum pon' ter bog. An' bime-by dat time come, an' when it come, Brer Bull-Frog is done fergit off'n his mind all 'bout Brer Rabbit an' his splashification. He rig hisse'f out in his Sunday best, an' he look kerscrumptious ter dem what like dat kinder doin's. He had on a little sojer hat wid green an' white speckles all over it, an' a long green coat, an' satin britches, an' a white silk wescut, an' shoes wid silver buckles. Mo' dan dat, he had a green umbrell, fer ter keep fum havin' freckles, an' his long spot-ted tail wuz done up in de umbrell kivver so dat it won't drag on de groun'."

Uncle Remus paused to see what the little boy would say to this last statement, but the child's training prevented the asking of many questions, and so he only laughed at the idea of a frog with a tail, and the tail done up in the cover of a green umbrella. The laughter of the youngster was hearty enough to satisfy the old negro, and he went on with the story.

"Whiles all dis gwine on, honey, you better b'lieve dat Brer Rabbit wa' n't so mighty fur fum dar. When Brer Bull-Frog come out an' start fer ter promenade ter de bog, Brer Rabbit show his-se'f an' make like he skeered. He broke an' run, an' den he stop fer ter see what 't is — an' den he run a leetle ways an' stop ag'in, an' he keep on dodgin' an' runnin' twel he fool Brer Bull-Frog inter b'lievin' dat he wuz skeer'd mighty nigh ter death.

"You know how folks does when dey git de idee dat somebody 's 'fear'd un um — ef you don't you 'll fin' out long 'fo' yo' whiskers gits ter hangin' to yo' knees. When folks take up dis idee, dey gits biggity, an' dey ain't no stayin' in de same country wid um.

"Well, Brer Bull-Frog, he git de idee dat Brer Rabbit wuz 'fear'd un 'im, an' he shuck his um-brell like he mad, an' he beller: 'Whar my gun?' Brer Rabbit flung up bofe han's like he wuz

"He shuck his umbrell' like he mad"

226

skeer'd er gittin' a load er shot in his vitals, an'
den he broke an' run ez hard ez he kin. Brer Bull-
Frog holler out, 'Come yer, you vilyun, an' le'
me gi' you de frailin' what I done promise you!'
but ol' Brer Rabbit, he keep on a-gwine. Brer
Bull-Frog went hoppin' atter, but he ain't make
much headway, kaze all de time he wuz hoppin'
he wuz tryin' to strut.

"'Twuz e'en about ez much ez Brer Rabbit
kin do fer ter keep fum laughin', but he led Brer
Bull-Frog ter de holler poplar, whar he had his
hatchet hid. Ez he went in, he 'low, 'You can't
git me!' He went in, he did, an' out he popped on
t'er side. By dat time Brer Bull-Frog wuz mighty
certain an' sho dat Brer Rabbit wuz skeer'd ez
he kin be, an' inter de holler he went, widout so
much ez takin' de trouble ter shet up his umbrell.
When he got in de holler, in co'se he ain't see
hide ner ha'r er Brer Rabbit, an' he beller out,
'Whar is you? You may hide, but I 'll fin' you,
an' when I does — when I does!' He ain't say all
he wanter say, kaze by dat time Brer Rabbit wuz
lammin' on de tree wid his hatchet. He hit it some

mighty heavy whacks, an' Brer Bull-Frog git de
idee dat somebody
wuz cuttin' it down.

"Brer Rabbit run roun' ter whar he wuz an' chop his tail off"

"Dis kinder skeer'd 'im, kaze he know dat ef de tree fell while he in de holler, it 'd be all-night Isom wid him. But when he make a move fer ter turn roun' in dar fer ter come out, Brer Rabbit run roun' ter whar he wuz, an' chop his tail off right smick-smack-smoove."

The veteran story-teller paused, and looked at the clouds that were gathering in the sky. "'Twould n't 'stonish me none," he remarked dryly, "ef we wuz ter have some fallin' wedder."

"But, Uncle Remus, what happened when Brother Rabbit cut off the Bull-Frog's tail?" inquired the little boy.

The old man sighed heavily, and looked around, as if he were hunting for some way of escape. "Why, honey, when de Frog tail wuz cut off, it stayed off, but dey tells me dat it kep' on a wigglin' plum twel de sun went down. Dis much I does know, dat sence dat day, none er de Frog fambly has been troubled wid tails. Ef you don't believe me you kin ketch um an' see."

XIII

WHY MR. DOG IS TAME

THERE were quite a number of dogs on the plantation — foxhounds, harriers, a sheep dog, and two black-and-tan hounds that had been trained to tree coons and 'possums. In these, the little boy took an abiding interest, and he soon came to know the name and history of each individual dog. There was Jonah, son of Hodo, leader of the foxhounds, Jewel, leader of the harriers, and Walter, the sheep dog, who drove up the cows and hogs every evening. Indeed, it was not long before the little boy knew as much about the dogs as Uncle Remus did.

He imagined he knew more, for one day he informed the old man that once upon a time all dogs were wild, and roamed about the woods and fields just as the wild animals do now.

"You see me settin' here," Uncle Remus remarked; "well, suh, ol' ez I is, I 'd like mighty well ter fin' out how you come ter know 'bout deze happenin's way back yander."

The little boy made no secret of the matter; he answered with pride that his mother had been reading to him out of a great big book with pictures in it. Uncle Remus stretched his arms above his head, and opened wide his eyes. Astonishment took possession of his countenance. The child laughed with delight when he saw the amazement of Uncle Remus. "Yes," he went on, "mother read about all the wild animals. The book said that when the dogs were wild they used to go in droves, just as the wolves do now."

"Yasser, dat 's so!" exclaimed Uncle Remus with admiration, "an' ef you keep on like you gwine, 'twon't be long 'fo' you 'll know lot's mo' 'bout de creeturs dan what I does — lot's mo'." Then he became confidential — "Wuz dey anything in de big book, honey, 'bout de time dat de Dog start in fer ter live wid Mr. Man?" The little boy shook his head. If there was anything about

it in the big book from which his mother had been
reading, she had kept it to herself.

"Well, I'm mighty glad dey ain't nothin' in
dar 'bout it, kaze ef dey had 'a' been, I'd 'a'
been bleeze ter gi' up my job, kaze when dey
gits ter puttin' tales in a book, dat's a sign."

"A sign of what, Uncle Remus?"

"Des a sign, honey — a plain sign. Ef you
dunner what a sign is, I'll never tell you."

"When did the Dog begin to live with Mr.
Man?" the little boy inquired. "Once he was
wild, and now he is tame. How did he become
tame?"

"Ah-yi! den you got de idee dat ol' man Re-
mus know sump'n n'er what ain't down in de
books?"

"Why, you asked me if there was anything in
the big book that told about the time when the
Dog went to live with Mr. Man," the little boy
replied.

"Dat 's what I done," exclaimed Uncle Remus
with a laugh. "An' I done it kaze I laid off ter tel
you 'bout it one er deze odd-come-shorts when de

moon ridin' high, an' de win' playin' a chune in de big pine."

"Why not tell it now?" the little boy asked.

"Le' me see, is I well er is I sick? Is I full er is I hongry? Ef I done fergot what I had fer dinner day 'fo' yistiddy, den 'tain't no use fer ter try ter tell a tale 'bout ol' times. Wuz it cake? No, 'twant cake. Wuz it chicken-pie? No, 'twant chicken-pie. What, den? Ah-h-h! Now I knows: 'Twuz tater custard, an' it seem like I kin tas'e it yit. Yasser! Day 'fo' yistiddy wuz so long ago dat it look like a dream."

"It wasn't any dream," the little boy declared. "Mother wouldn't let me have any at the house, and when grandmother sent your dinner, she put two pieces of potato custard on a plate, and you said that one of them was for me."

"An' you e't it," Uncle Remus declared; "you e't it, an' you liked it so well dat you sot yo' eye on my piece, an' ef I had n't 'a' grabbed it, I boun' I would n't 'a' had no tater custard."

The little boy laughed and blushed. "How did you know I wanted the other piece?" he asked.

"I know it by my nose an' my two big toes,"
Uncle Remus replied. "Put a boy in smellin' dis-
tance uv a piece er tater custard, an' it seem like
de custard will fly up an' hit him in de mouf, no
matter how much he try ter dodge."

Uncle Remus paused and pulled a raveling
from his shirt-sleeve, looking at the little boy
meanwhile.

"I know very well you have n't forgotten the
story," remarked the child, "for grandmother
says you never forgot anything, especially the old-
time tales."

"Well, suh, I speck she knows. She been
knowin' me ev'ry sence she wuz a baby gal, an' mo'
dan dat, she know right p'int blank what I'm
a-thinkin' 'bout when she kin git her eye on me."

"And she says she never caught you tellin' a
fib."

"Is she say dat?" Uncle Remus inquired with
a broad grin. "Ef she did, I'm lots sharper dan I
looks ter be, kaze many and many's de time
when I been skeer'd white, thinkin' she done
cotch me. Tooby sho', tooby sho'!"

"But what about the Dog, Uncle Remus?"

"What dog, honey? Oh, you'll hatter scuzen me — I'm lots older dan what I looks ter be. You mean de Dog what tuck up at Mr. Man's house. Well, ol' Brer Dog wuz e'en about like he is deze days, scratchin' fer fleas, an' growlin' over his vittles stidder sayin' grace, an' berryin' de bones when he had one too many. He wuz des like he is now, 'ceppin' dat he wuz wil'. He galloped wid Brer Fox, an' loped wid Brer Wolf, an' cantered wid Brer Coon. He went all de gaits, an' he had dez ez good a time ez any un um, an' des ez bad a time.

"Now, one day, some'rs 'twix' Monday mornin' an' Saddy night, he wuz settin' in de shade scratchin' hisse'f, an' he wuz tooken wid a spell er thinkin'. He'd des come thoo a mighty hard winter wid de yuther creeturs, an' he up an' say ter hisse'f dat ef he had ter do like dat one mo' season, it'd be de en' er him an' his fambly. You could count his ribs, an' his hip-bones stuck out like de horns on a hat-rack.

"Whiles he wuz settin' dar, scratchin' an'

studyin', an' studyin' an' scratchin', who should
come meanderin' down de big road but ol' Brer
Wolf; an' it 'uz 'Hello, Brer Dog! you look like
you ain't seed de inside uv a smokehouse fer
quite a whet. I ain't sayin' dat I got much fer ter
brag on, kaze I ain't in no better fix dan what
you is. De colder it gits, de skacer de vittles
grows.' An' den he ax Brer Dog whar he gwine
an' how soon he gwineter git dar. Brer Dog make
answer dat it don't make no diffunce whar he go
ef he don't fin' dinner ready.

"Brer Wolf 'low dat de way ter git dinner is
ter make a fier, kaze 't ain't no use fer ter try ter
eat ef dey don't do dat. Ef dey don't git nothin'
fer ter cook, dey 'll have a place whar dey kin
keep warm. Brer Dog say he see whar Brer Wolf
is dead right, but whar dey gwine git a fier? Brer
Wolf say de quickest way is ter borry a chunk
fum Mr. Man er his ol' 'oman. But when it come
ter sayin' who gwine atter it, dey bofe kinder
hung back, kaze dey know'd dat Mr. Man had a
walkin'-cane what he kin p'int at anybody an'
snap a cap on it an' blow de light right out.

"But bimeby, Brer Dog say 'll go atter de chunk er fier, an' he ain't no mo' dan say dat, 'fo' off he put, an' he travel so peart, dat 'twant long 'fo' he come ter Mr. Man's house. When he got ter de gate he sot down an' done some mo' studyin', an' ef de gate had 'a' been shot, he'd 'a' turned right roun' an' went back like he come; but some er de chillun had been playin' out in de yard, an' dey lef' de gate open, an so dar 'twuz. Study ez he mought, he can't fin' no skuce fer gwine back widout de chunk er fier. An' in he went.

"Well, talk 'bout folks bein' 'umble; you ain't seed no 'umble-come-tumble twel you see Brer Dog when he went in dat gate. He ain't take time fer ter look roun', he so skeer'd. He hear hogs a-gruntin' an' pigs a-squealin', he hear hens a-cacklin' an' roosters crowin', but he ain't turn his head. He had sense 'nuff not ter go in de house by de front way. He went roun' de back way whar de kitchen wuz, an' when he got dar he 'fraid ter go any furder. He went ter de do', he did, an' he 'fraid ter knock. He hear chillun laughin' an

playin' in dar, an' fer de fust time in all his born
days, he 'gun ter feel lonesome.

"Bimeby, some un open de do' an' den shot it
right quick. But Brer Dog ain't see nobody; he
'uz too 'umble-come-tumble fer dat. He wuz
lookin' at de groun', an' wonderin' what 'uz
gwineter happen nex'. It must 'a' been one er de
chillun what open de do', kaze 'twant long 'fo'
here come Mr. Man wid de walkin'-cane what
had fier in it. He come ter de do', he did, an' he
say, 'What you want here?' Brer Dog wuz too
skeer'd fer ter talk; all he kin do is ter des wag
his tail. Mr. Man, he 'low, 'You in de wrong
house, an' you better go on whar you got some
business.'

"Brer Dog, he crouch down close ter de groun',
an' wag his tail. Mr. Man, he look at 'im, an' he
ain't know whedder fer ter turn loose his gun er
not, but his ol' 'oman, she hear him talkin', an'
she come ter de do', an' see Brer Dog crouchin'
dar, 'umbler dan de' 'umblest, an' she say, 'Po'
feller! you ain't gwine ter hurt nobody, is you?'
an' Brer Dog 'low, 'No, ma'am, I ain't; I des

come fer ter borry a chunk er fier.' An' she say, 'What in de name er goodness does you want wid fier? Is you gwine ter burn us out'n house an' home?' Brer Dog 'low, 'No, ma'am! dat I ain't; I des wanter git warm.' Den de 'oman say, 'I clean fergot 'bout de col' wedder — come in de kitchen here an' warm yo'se'f much ez you wanter.'

"Dat wuz mighty good news fer Brer Dog, an' in he went. Dey wuz a nice big fier on de h'ath, an' de chillun wuz settin' all roun' eatin' der dinner. Dey make room fer Brer Dog, an' down he sot in a warm cornder, an' 'twant long 'fo' he wuz feelin' right splimmy-splammy. But he wuz mighty hongry. He sot dar, he did, an' watch de chillun' eatin' der ashcake an' butter-milk, an' his eyeballs 'ud foller eve'y mouffle dey e't. De 'oman, she notice dis, an' she went ter de cubberd an' got a piece er warm ashcake, an' put it down on de h'ath.

"Brer Dog ain't need no secon' invite — he des gobble up de ashcake 'fo' you kin say Jack Robberson wid yo' mouf shot. He ain't had nigh

nuff, but he know'd better dan ter show what his
appetites wuz. He 'gun ter feel good, an' den he
got down on his hunkers, an' lay his head down
on his fo'paws, an' make like he gwine ter sleep.
Atter 'while, he smell Brer Wolf, an' he raise his
head an' look todes de do'. Mr. Man he tuck
notice, an' he say he b'lieve dey's some un
sneakin' roun'. Brer Dog raise his head, an' snuff
todes de do', an' growl ter hisse'f. So Mr. Man
tuck down his gun fum over de fireplace, an'
went out. De fust thing he see when he git out
in de yard wuz Brer Wolf runnin' out de gate,
an' he up wid his gun — bang!— an' he hear
Brer Wolf holler. All he got wuz a han'ful er
ha'r, but he come mighty nigh gittin' de whole
hide.

"Well, atter dat, Mr. Man fin' out dat Brer
Dog could do 'im a heap er good, fus' one way
an' den an'er. He could head de cows off when
dey make a break thoo de woods, he could take
keer er de sheep, an' he could warn Mr. Man
when some er de yuther creeturs wuz prowlin'
roun'. An' den he wuz some comp'ny when Mr.

Man went huntin'. He could trail de game, an' he could fin' his way home fum anywheres; an' he could play wid de chillun des like he wuz one un um.

"'Twant long 'fo' he got fat, an' one day when he wuz amblin' in de woods, he meet up wid Brer Wolf. He howdied at 'im, he did, but Brer Wolf won't skacely look at 'im. Atter 'while he say, 'Brer Dog, why 'n't you come back dat day when you went atter fier?' Brer Dog p'int ter de collar on his neck. He 'low, 'You see dis? Well, it 'll tell you lots better dan what I kin.' Brer Wolf say, 'You mighty fat. Why can't I come dar an' do like you does?' Brer Dog 'low, 'Dey ain't nothin' fer ter hinder you.'

"So de next mornin', bright an' early, Brer Wolf knock at Mr. Man's do'. Mr. Man peep out an' see who 't is, an' tuck down his gun an' went out. Brer Wolf try ter be perlite, an' he smile. But when he smile he show'd all his tushes, an' dis kinder skeer Mr. Man. He say, 'What you doin' sneakin' roun' here?' Brer Wolf try ter be mo' perliter dan ever, an' he grin fum year ter year. Dis show all his tushes, an' Mr. Man lammed aloose at 'im. An' dat 'uz de las' time dat Brer Wolf ever try ter live wid Mr. Man, an fum dat time on down ter dis day, it 'uz war 'twix Brer Wolf an' Brer Dog."

XIV

BROTHER RABBIT AND THE GIZZARD-EATER

IT SEEM like ter me dat I hear somebody say, not longer dan day 'fo' yistiddy, dat dey'd be mighty glad ef dey could fin' some un fer ter bet wid um," said Uncle Remus, staring hard at the little boy, and then suddenly shutting his eyes tight, so that he might keep from laughing at the expression he saw on the child's face. Receiving no immediate response to his remark, the old man opened his eyes again, and found the little boy regarding him with a puzzled air.

"My mother says it is wrong to bet," said the child after awhile. He was quite serious, and it was just this aspect of seriousness that made him a little different from another little boy that had been raised at Uncle Remus's knee. "Mother says that no Christian would want to bet."

The old man closed his eyes again, as though

trying to remember something. He frowned and smacked his mouth before he spoke. "It look like dat I never is ter git de tas'e er dat chicken-pie what yo' gran'ma sont me out'n my mouf. I dunner when I been had any chicken-pie what stayed wid me like dat chicken-pie. But 'bout dat bettin'," he remarked, straightening himself in his chair, "I speck I mus' 'a' been a-dreamin'. I know mighty well it could n't 'a' been you; so we 'll des up an' say it wuz little Dreamus, an' let it go at dat. All I know is dat dey wuz a little chap loungin' roun' here tryin' fer ter l'arn how ter play mumbly-peg wid one er de case-knives what he tuck fum de white folks' dinner-table, an' whiles he wuz in de middle er his l'arnin', de ol' speckled hen run fum under de house here, an' sot up a mighty cacklin', kaze she fear'd some un wuz gwineter interrupt de eggs what she been nussin' an' warmin' up. She cackle, an' she cackle, an' den she cackle some mo' fer ter keep fum fergittin' how; an' 'long 'bout dat time, dish yer little boy what I been tellin' you 'bout — I speck we 'll be bleeze ter call him Dreamus — he

up wid a rock an' flung it right at 'er, an' ef she 'd
'a' been in de way er de rock, he 'd 'a' come
mighty nigh hittin' her. Dis make de ol' hen bofe
skeer'd an' fear'd an' likewise mad, an' she
hitched a squall on ter her cackle, an' flop her
wings. Seein' dat de hen wuz mad, dis little chap,
which he name Dreamus, he got mad, too, an' he
'lowed, 'I bet you I make you hush!' an' dar dey
had it, de ol' hen runnin' an' squallin', an' de
little chap zoonin' rocks at her. I speck de hen
would 'a' bet ef she 'd 'a' know'd how — an' she
sho' would 'a' won de bet, kaze de las' news I
hear fum 'er she wuz runnin' an' squallin'."

The little boy squirmed uneasily in his chair.
He remembered the incident very well, so well
that he hardly knew what to say. But afterawhile,
thinking that it was both necessary and polite to
say something, he declared that when he made
that remark to the hen he knew she would n't
understand him, and that what he said about bet-
ting was just a saying.

"Dat mought be, honey," said Uncle Remus,
"but don't you fool yo'se'f 'bout dat hen not

knowin' how ter talk, kaze dey has been times an' places when de creeturs kin do lots mo' talkin' dan folks. When you git ter be ol' ez what I is, you 'll know dat talkin' ain't got nothin' in de roun' worl' ter do wid fedders, an' needer wid fur. I hear you say you want ter bet wid de ol' hen, an' ef you still wantin' you got a mighty good chance dis day ef de sun is mighty nigh down. I 'll bet you a thrip ag'in a ginger-cake dat when you had yo' dinner you ain't fin' no chicken gizzard in yo' part er de pie."

"No," replied the child, "I did n't, and when I asked grandmother about it, she said she was going to raise some chickens next year with double gizzards."

"Did she say dat? Did Miss Sally say dat?" inquired Uncle Remus, laughing delightedly. "Well, suh, dat sho' do bang my time! How come she ter know dat some er de creeturs got double gizzards? She sho' is de outdoin'est white 'oman what 's yever been bornded inter de worl'. She done sont me de chicken gizzard des so I kin tell you 'bout de double gizzards an' de what-

nots. Double gizzards! De ve'y name flings me
'way back yander ter ol' folks an' ol' times.
Laws-a-massy! I wonder what Miss Sally gwine
do nex'; anybody what guess it oughter be presi-
dent by good rights." Uncle Remus paused, and
lowered his voice to a confidential tone — "She
ain't tell you 'bout de time when de Yallergater
wuz honin' fer ol' Brer Rabbit's double gizzards,
is she, honey?"

"No, she did n't tell me that, but she laughed,
and when I asked her what she was laughing at,
she said I 'd find out by the time I was seven feet
tall."

"You hear dat, don't you?" Uncle Remus
spoke as though there were a third person in the
room. "What I been tellin' you all dis time?" and
then he laughed as though this third person were
laughing with him. "You may try, an' you may
fly, but you never is ter see de beat er Miss Sally."

"Was grandmother talking about a tale, Uncle
Remus? It must have been a very funny one, for
she laughed until she had to take off her spec-
tacles and wipe them dry," said the little boy.

"Dat 's her! dat 's Miss Sally up an' down, an' dey can't nobody git ahead er her. She know'd mighty well dat time you say sump'n 'bout double gizzards my min' would fly right back ter de time when de Yalligater wuz dribblin' at de mouf, an' ol' Brer Rabbit wuz shaking in his shoes."

"If it 's a long story, I 'm afraid you have n't time to tell it now," suggested the little boy.

The child was so polite that the old negro stood somewhat in awe of him, and he was afraid, too, that it was ominous of some misfortune — there was something uncanny about it from Uncle Remus's point of view. "Bless you, honey! I got des ez much time ez what dey is — it all b'longs ter me an' you. Maybe you wanter go some'rs else; maybe you 'll wait twel some yuther day fer de platted whip dat I hear you talkin' 'bout."

"No; I 'll wait and get the story and the whip together — if you are not too tired."

The old negro looked at the little boy from the corner of his eye to see if he was really in earnest.

Satisfying himself on that score, he promptly began to plait the whip while he unraveled the story. He seemed to be more serious than usual, but one of the peculiarities of Uncle Remus, as many a child had discovered, was that he was not to be judged by any outward aspect. This is the way he began:

"Ever since I been pirootin' roun' in deze lowgroun's, it's been de talk er dem what know'd dat Brer Rabbit wuz a mighty man at a frolic. I don't speck he'd show up much in deze days, but in de times when de creeturs wuz bossin' dey own jobs, Brer Rabbit wuz up fer perty nigh ev'ything dat wuz gwine on ef dey want too much work in it. Dey could n't be a dance er a quiltin' nowhar's aroun' but what he'd be dar; he wuz fust ter come an' last ter go.

"Well, dey wuz one time when he went too fur an' stayed too late, bekaze a big rain come endurin' de time when dey wuz playin' an' dancin', an' when Brer Rabbit put out fer home, he foun' dat a big freshet done come an' gone. De dreens had got ter be creeks, de creeks had got ter be

rivers, an' de rivers — well, I ain't gwine ter tell
you what de rivers wuz kaze you 'd think dat I
done tol' de trufe good-bye.
By makin' big jumps an'
gwine out er his way, Brer
Rabbit manage fer ter git
ez close ter home ez de creek,
but when he git dar, de creek
wuz so wide dat it
make him feel like
he been los' so long
dat his fambly done
fergot him. Many
an' many a time had

"He holla'd fer de man what run de ferry"

he cross' dat creek on a log, but de log done gone,
an' de water wuz spread out all over creation. De
water wuz wide, but dat wa' n't mo' dan half —
it look like it wuz de wettest water dat Brer Rab-
bit ever lay eyes on.

"Dey wuz a ferry dar fer times like dis, but it
look like it wuz a bigger fresh dan what dey had
counted on. Brer Rabbit, he sot on de bank an'
wipe de damp out'n his face an' eyes, an' den he

holla'd fer de man what run de ferry. He holla'd
an' holla'd, an' bimeby, he hear some un answer
him, an' he looked a little closer, an' dar wuz de
man, which his name wuz Jerry, way up in de top
lim's uv a tree; an'
he looked still clos-
er, an' he seed
dat Jerry had
company,
kaze dar wuz ol' Brer
B'ar settin' at de foot er de tree,
waitin' fer Jerry fer ter come
down so he kin tell 'im
howdy." Uncle Remus
paused to see
what effect
this statement
would have on the
little boy. The
youngster said
nothing, but

*"Dar wuz ol' Brer B'ar settin' at de foot
er de tree"*

his shrewd smile showed the old man that
he fully appreciated the reason why Jerry

was in no hurry to shake hands with Brother
Bear.

"Well, suh, Brer Rabbit took notice dat dey
wuz sump'n mo' dan dampness 'twix' um, an he
start in ter holla again, an' he holla'd so loud, an'
he holla'd so long, dat he woke up ol' Brer Yalli-
gater. Now, it ain't make ol' Brer Yalligater feel
good fer ter be wokened up at dat hour, kaze he'd
des had a nice supper er pine-knots an' sweet
'taters, an' he wuz layin' out at full lenk on his
mud bed. He 'low ter hisse'f, he did, 'Who in de
nation is dis tryin' fer ter holla de bottom out er
de creek?' He lissen, an' den he turn over an'
lissen ag'in. He shot one eye, an' den he shot de
yuther one, but dey ain't no sleepin' in dat neigh-
berhood. Jerry in de tree, he holla back, 'Can't
come — got comp'ny!'

"Brer Yalligater, he hear dis, an' he say ter
hisse'f dat ef nobody can't come, he kin, an' he
riz ter de top wid no mo' fuss dan a fedder-bed
makes when you let it 'lone. He riz, he did, an' his
two eyes look des perzackly like two bullets
floatin' on de water. He riz an' wunk his eye, an'

ax Brer Rabbit howdy, an' mo' speshually how is his daughter. Brer Rabbit, he say dat dey ain't no tellin' how his daughter is, kaze when he lef'

"He riz an' wunk his eye, an' ax Brer Rabbit howdy"

home her head wuz a-swellin'. He say dat some er de neighbors' chillun come by an' flung rocks at her an' one un um hit her on top er de head right whar de cow-lick is, an' he hatter run atter de doctor.

"Brer Yalligater 'low, 'You don't tell me, Brer Rabbit, dat it 's come ter dis! Yo' chillun gittin' chunked by yo' neighbors' chillun! Well, well, well! I wish you 'd tell me wharbouts it 's all agwine ter een' at. Why, it 'll git so atter while dat dey ain't no peace anywhar's 'ceppin at my house in de bed er de creek.'

"Brer Rabbit say, 'Ain't it de trufe? An' not only does Brer Fox chillun chunk my chillun on dey cow-licks, but no sooner is I gone atter de doctor dan here come de creek a-risin'. I may be wrong, but I ain't skeer'd ter say dat it beats anything I yever is lay eyes on. Over yander in de fur woods is what my daughter is layin' 'wid de headache, an' here's her pa, an' 'twix' us is de b'ilin' creek. Ef I wuz ter try ter wade, ten ter one de water would be over my head, an' ef not dat bad, all de pills what de doctor gi' me would melt

"'Ef you think you kin stay in one place long enough, I'll try ter put you 'cross de creek'"

in my pocket. An' dey might pizen me, kaze de doctor ain't say dey wuz ter be tuck outside.'

"Ol' Brer Yalligater float on de water like he

ain't weigh no mo' dan one er deze yer postitch stomps, an' he try ter drop a tear. He groan, he did, an' float backerds an' forrerds like a tired canoe. He say, 'Brer Rabbit, ef dey yever wuz a rover you is one. Up you come an' off you go, an' dey ain't no mo' keepin' up wid you dan ef you had wings. Ef you think you kin stay in one place long enough, I'll try ter put you 'cross de creek. Brer Rabbit kinder rub his chin whiles he wiggle his nose. He 'low, sezee, 'Brer 'Gater, how deep is dat water what you floatin' in?' Brer Yalligater say, sezee, 'Brer Rabbit, ef me an' my ol' 'omen wuz ter jine heads, an' I wuz ter stan' on de tip-een' my tail, dey'll still be room enough fer all er my chillun 'fo' we totch bottom.'

"Brer Rabbit, he fell back like he gwineter faint. He 'low, 'Brer 'Gater, you don't tell me! You sholy don't mean dem last words! Why, you make me feel like I'm furder fum home and dem what's done lost fer good! How de name er goodness you gwineter put me 'cross dis slippery water?' Brer Yalligater, he blow a bubble or two out'n his nose, an' den he say, sezee, 'Ef you kin

stay still in one place long 'nough, I'm gwineter
take you 'cross on my back. You nee'nter say
thanky, yit I want you ter know dat I ain't eve'y-
body's water-hoss.' Brer Rabbit he 'low, sezee,
'I kin well b'lieve dat, Brer 'Gater, but some-
how, I kinder got a notion dat yo' tail mighty
limber. I hear ol' folks say dat you kin knock a
chip fum de back er yo' head wid de tip-een' er
yo' tail an' never haf try.' Brer Yalligater smack
his mouf, an' say, sezee, 'Limber my tail may
be, Brer Rabbit, an' fur-reachin', but don't
blame me. It wuz dat a-way when it wuz 'gun ter
me. It's all j'inted up 'cordin' ter natur.'

"Brer Rabbit, he study an' study, an' de mo'
he study, de wuss he like it. But he bleeze ter go
home — dey wa'n't no two ways 'bout dat —
an' he 'low, sezee, 'I speck what you say is
some'rs in de neighborhoods er de trufe, Brer
'Gater, an' mo' dan dat, I b'lieve I'll go 'long wid
you. Ef you 'll ride up a leetle closer, I'll make
up my mind so I won't keep you waitin'.' Brer
Yalligater, he float by de side er de bank same
ez a cork out'n a pickle bottle. He ain't do like he

in a hurry, kaze he drapt a word er two about de wedder, an' he say dat de water wuz mighty col' down dar in de slushes. But Brer Rabbit tuck notice dat when he smole one er his smiles, he show'd up a double row er tushes, dat look like dey'd do mighty good work in a saw-mill. Brer Rabbit, he 'gun ter shake like he havin' a chill; he 'low, 'I feel dat damp, Brer 'Gater, dat I mought des ez well be in water up ter my chin!' Brer Yalligater ain't say nothin', but he can't hide his tushes. Brer Rabbit look up, he look down, an' he look all aroun'. He ain't skacely know what ter do. He 'low, 'Brer 'Gater, yo' back mighty roughnin'; how I gwine ter ride on it?' Brer Yalligater say, sezee, 'De roughnin' will he'p you ter hol' on, kaze you'll hatter ride straddle. You kin des fit yo' foots on de bumps an' kinder brace yo'se'f when you think you see a log floatin' at us. You kin des set up dar same ez ef you wuz settin' at home in yo' rockin'-cheer.

"Brer Rabbit shuck his head, but he got on, he did, an' he ain't no sooner git on dan he wish mighty hard he wuz off. Brer Yalligater say,

sezee. 'You kin pant ef you wanter, Brer Rabbit,
but I'll do de paddlin',' an' den he slip thoo de
water des like he greased. Brer Rabbit sho' wuz
skeer'd but he keep his eye open, an' bimeby he
tuck notice dat Brer Yalligater wa' n't makin' fer
de place whar de lan'in's at, an' he up an' sesso.
He 'low, 'Brer 'Gater, ef I ain't mighty much

"'Brer 'Gater, ef I ain't mighty much mistooken, you ain't headin'
fer de lan'in'''"

mistooken, you ain't headin' fer de lan'in'.' Brer
Yalligater say, sezee, 'You sho' is got mighty
good eyes, Brer Rabbit. I been waitin' fer you a
long time, an' I'm de wust kinder waiter. I most
know you ain't ferget dat day in de stubble, when
you say you gwineter show me ol' man Trouble.
Well, you ain't only show 'im ter me, but you
made me shake han's wid 'im. You sot de dry

grass afire, an' burn me scandalious. Dat de
reason my back so rough, an' dat de reason my
hide so tough. Well, I been a-waitin' sence dat
time, an' now here you is. You burn me twel I
hatter squench de burnin' in de big quagmire.'

"Brer Yalligater laugh, but he had de laugh all
on his side, kaze dat wuz one er de times when
Brer Rabbit ain't feel like gigglin'. He sot dar
a-shakin' an' a-shiverin'. Bimeby he 'low, sezee,
'What you gwine do, Brer 'Gater?' Brer Yalli-
gater, say, sezee, 'It look like ter me dat sence
you sot de dry grass afire, I been havin' symp-
toms. Dat what de doctor say. He look at my
tongue, an' feel er my pulsh, an' shake his head.
He say dat bein's he 's my frien', he don't mind
tellin' me dat my symptoms is gittin' mo' wusser
dan what dey been, an' ef I don't take sump'n
I'll be fallin' inter one deze yer inclines what
make folks flabby an' weak.'

"Brer Rabbit, he shuck an' he shiver'd. He
'low, sezee, 'What else de doctor say, Brer
'Gater?' Brer Yalligater keep on a-slippin' along;
he say, sezee, 'De doctor ain't only look at my

tongue — he medjer'd my breff, an' he hit me
on my bosom — tip-tap-tap! — an' he say dey
ain't but one thing dat 'll kyo me. I ax 'im what
dat is, an' he say it 's Rabbit gizzard.' Brer Yal-
ligater slip an' slide along, an' wait fer ter see
what Brer Rabbit gwineter say ter dat. He ain't
had ter wait long, kaze Brer Rabbit done his
thinkin' like one er deze yer machines what got
lightnin' in it. He 'low, sezee, 'It's a mighty good
thing you struck up wid me dis day, Brer 'Gater,
kaze I got des perzackly de kinder physic what
you lookin' fer. All de neighbors say I'm mighty
quare an' I speck I is, but quare er not quare,
I 'm long been lookin' fer de gizzard-eater.'

"Brer Yalligater ain't say nothin'; he des slide
thoo de water, an' lissen ter what Brer Rabbit
sayin'. Brer Rabbit 'low, sezee, 'De las' time I
wuz tooken sick, de doctor come in a hurry, an'
he sot up wid me all night — not a wink er sleep
did dat man git. He say he kin tell by de way I
wuz gwine on, rollin' an' tossin', an' moanin' an'
groanin', dat dey wa' n't no physic gwineter do
me no good. I ain't never see no doctor scratch

his head like dat doctor did; he done like he wuz stumped, he sho' did. He say he ain't never see nobody wid my kind er trouble, an' he went off an' call in one er his brer doctors, an' de two knock dey heads tergedder, an' say my trouble all come fum havin' a double gizzard. When my ol' 'oman hear dat, she des flung her apron over her head, an' fell back in a dead faint, an' a little mo' an' I 'd 'a' had ter pay a doctor bill on her accounts. When she squalled, some er my chillun got skeer'd an' tuck ter de woods, an' dey ain't all got back when I lef' home las' night.'

"Brer Yalligater, he des went a-slippin' long thoo de water; he lissen, but he ain't sayin' nothin'. Brer Rabbit, he 'low, sezee, 'It's de fatal trufe, all dis dat I'm a-tellin' you. De doctor, he flew'd roun' twel he fotch my ol' 'oman to, an' den he say dey ain't no needs ter be skittish on accounts er my havin' a double gizzard, kaze all I had ter do wuz ter be kinder keer-ful wid my chawin's an' gnyawin's, an' my comin's an' gwines. He say dat I 'd hatter suffer wid it twel I fin' de gizzard-eater. I ax 'im whar

bouts is he, an' he say dat I 'd know him when I
seed him, an' ef I fail ter know 'im, he 'll make
hisse'f beknown ter me.   Dis kinder errytate me,
kaze when a man's a doctor, an' is got de idee er
kyoin' anybody, dey ain't no needs ter deal in no
riddles. But he say dat tain't no use fer ter tell all
you know, speshually fo' dinner.'

"Brer Yalligater went a-slidin' long thoo de
water; he lissen an' smack his mouf, but he ain't
sayin' nothin'. Brer Rabbit, he talk on; he 'low,
sezee, 'An dey wuz one thing he tol' me mo'
plainer dan all de rest. He say dat when anybody
wuz 'flicted wid de double gizzard, dey dassent
cross water wid it, kaze ef dey's anything dat a
double gizzard won't stan' it's de smell er
water.'

"Brer Yalligater went slippin' long thoo de
water, but he feel like de time done come when
he bleeze ter say sump'n. He say, sezee, 'How
come youer crossin' water now, ef de doctor tell
you dat?' Dis make Brer Rabbit laugh; he 'low,
'Maybe I ought n't ter tell you, but fo' I kin
cross water dat double gizzard got ter come out.

De doctor done tol' me dat ef she ever smell water, dey 'll be sech a swellin' up dat my skin won't hol' me; an' no longer dan' las' night, 'fo' I come ter dis creek — 'twuz a creek den, whatsomever you may call it now — I tuck out my double gizzard an' hid it in a hick'ry holler. An' ef youer de gizzard-eater, now is yo' chance, kaze ef you put it off, you may rue de day. Ef youer in de notion I 'll take you right dar an' show you de stump whar I hid it at — er ef you wanter be lonesome 'bout it, I 'll let you go by yo'se'f an' I'll stay right here.'

"Brer Yalligater, he slip an' slide thoo de water. He say, sezee, 'Whar'd you say you'd stay?' Brer Rabbit 'low, sezee, 'I'll stay right here, Brer 'Gater, er anywhar's else you may choosen; I don't keer much whar I stays er what I does, so long ez I get rid er dat double gizzard what's been a-tarrifyin' me. You better go by yo'se'f, kaze bad ez dat double gizzard is done me, I got a kinder tendersome feelin' fer it, an' I 'm fear'd ef I wuz ter go 'long wid you, an' see you grab it, dey'd be some boo-hooin' done. Ef

you go by yo'se'f, des rap on de stump an' say —
Ef youer ready, I'm ready an' a little mo' so, un'
you won't have no trouble wid her. She's hid
right in dem woods yander, an' de holler hick'ry
stump ain't so mighty fur fum whar de bank er
de creek oughter be.'

"Brer Rabbit make a big jump an' lan' on solid ground"

"Brer 'Gater ain't got much mo' sense dan
what it 'ud take fer ter clim' a fence atter some-
body done pulled it down, an' so he kinder
slew'd hisse'f aroun', an' steered fer de woods —
de same woods whar dey's so many trees, an'
whar ol' Sis Owl starts all de whirl-win's by fan-
nin' her wings. Brer Yalligater swum an' steered,
twel he come close ter lan', an' when he done dat

Brer Rabbit make a big jump an' lan' on solid ground. He mought er got his feet wet, but ef he did 'twuz ez much. He 'low, sezee —

"'*You po' ol' 'Gater, ef you know'd A fum Izzard,*
You'd know mighty well dat I'd keep my Gizzard.'

An' wid dat, he wuz done gone — done clean gone!"

XV

BROTHER RABBIT AND MISS NANCY

ONE day, when Uncle Remus had told one of the stories that have already been set forth, the little boy was unusually thoughtful. He had asked his mother whether there was ever a time when the animals acted and talked like people, and she, without reflecting, being a young and an impulsive woman, had answered most emphatically in the negative. Now, this little boy was shrewder than he was given credit for being, and he knew that neither his grandmother nor Uncle Remus would set great store by what his mother said. How he knew this would be difficult to explain, but he knew it all the same. Therefore, when he interjected a doubt as to the truth of the tales, he kept the name of his authority to himself.

"Uncle Remus," said the little boy, "how do

you know that the tales you tell are true?
Could n't somebody make them up?"

The old man looked at the little child, and
knew who had sown the seeds of doubt in his
mind, and the knowledge made him groan and
shake his head. "Maybe you think I done it,
honey, but ef you does, de sooner you fergit it
off'n yo' min', de better fer you, kaze I'd set here
an' dry up an' blow way 'fo' I kin tell a tale er my
own make-up; an' ef dey's anybody deze days
what kin make um up, I 'd like fer ter snuggle up
ter 'im, an' ax 'im ter l'arn me how."

"Do you really believe the animals could
talk?" asked the child.

"What diffunce do it make what I b'lieve,
honey? Ef dey kin talk in dem days, er ef dey
can't, b'lievin' er not b'lievin' ain't gwineter
he'p matters. Ol' folks what live in dem times dey
say de creeturs kin talk, kaze dey done talk wid
um, an' dey tell it ter der chillun an' der chillun
tell it ter der chillun right on down ter deze days.
So den what you gwineter do 'bout it — b'lieve
dem what had it fum de ol' folks dat know'd, er

dem what ain't never hear nothin' 'tall about it twel dey git it second han' fum a ol' nigger man?"

The child perceived that Uncle Remus was hitting pretty close to home, as the saying is, and he said nothing for a while. "I have n't said that I don't believe them," he remarked presently.

"Ef you said it, honey, you ain't say it whar I kin hear you, but I take notice dat you hol' yo' head on one side an' kinder wrinkle yo' face up when I tell deze tales.   Ef you don't b'lieve um, tain't no mo' use fer me ter tell um dan 't is fer me ter fly."

"My face always wrinkles when I laugh, Uncle Remus."

"An' when you cry," responded the old man so promptly that the child laughed, though he hardly knew what he was laughing at.

"I'm gwineter tell you one now," remarked Uncle Remus, wiping a smile from his face with the back of his hand, "an' you kin take it er leave it, des ez you please. Ef you see anything wrong in it anywhar, you kin p'int it out ez we go 'long.

I been tellin' you dat Brer Rabbit wuz a heap bigger in dem days dan what he is now. It looks like de fambly done run ter seed, an' I bet you dat ninety-nine thousan' year fum dis ve'y day, de Rabbit-tum-a-hash crowd won' be bigger dan fiel'-mice — I bet you dat. He wa' n't only bigger, but he wuz mighty handy 'bout a farm, when he tuck a notion, speshually ef Mr. Man had any greens in his truck-patch. Well, one time, times wuz so hard dat he hatter hire out fer his vittles an' cloze. He had de idee dat he wuz gittin' a mighty heap fer de work he done, an Mr. Man tell his daughter dat he gittin' Brer Rabbit mighty cheap. Dey wuz bofe satchified, an' when dat's de case, eve'ybody else oughter be satchified. Brer Rabbit kin hoe taters, an' chop cotton, an' fetch up breshwood, an' split de kindlin, an' do right smart.

"He say ter hisse'f, Brer Rabbit did, dat ef he ain't gittin' no money an' mighty few cloze, he boun' he 'd have a plenty vittles. De fust week er two, he ain't cut up no shines; he wuz gittin' usen ter de place. He stuck ter his work right straight along twel Mr. Man say he one er de bes' han's on de whole place, an' he tell his daughter dat she better set 'er cap fer Brer Rabbit. De gal she toss her head an' make a mouf, but all de samey she 'gun ter cas' sheep eyes at 'im.

"One fine day, when de sun shinin' mighty hot, Brer Rabbit 'gun ter git mighty hongry. He say he want some water. Mr. Man say, 'Dar de bucket, an' yan' de spring. Eve'ything fix so you kin git water monstus easy.' Brer Rabbit git de water, but still dey wuz a gnyawin' in his stomach, an' bimeby he say he want some bread. Mr. Man say, 'Tain't been so mighty long sense you had brekkus, but no matter 'bout dat. Yan's de house, in de house you'll fin' my daughter, an' she 'll gi' you what bread you want.'

"Wid dat Brer Rabbit put out fer de house, an' dar he fin' de gal. She say, 'La, Brer Rabbit, you oughter be at work, but stidder dat here you is at de house. I hear pap say dat youer mighty good worker, but ef dis de way you does yo' work, I dunner what make 'im sesso.' Brer Rabbit say, 'I'm here, Miss Nancy, kaze yo' daddy sont

"De beau got ter flingin' his sass roun' Brer Rabbit"

me.' Miss Nancy 'low, 'Ain't you 'shame er yo'se'f fer ter talk dat away? You know pap ain't sont you.' Brer Rabbit say, 'Yassum, he did,' an' den he smole one er deze yer lopsided smiles. Miss Nancy kinder hang 'er head an' low, 'Stop lookin' at me so brazen.' Brer Rabbit stood dar wid his eyes shot, an' he ain't say nothin'. Miss Nancy say, 'Is you gone ter sleep? You oughter be 'shame fer ter drap off dat away whar dey's ladies.'

"Brer Rabbit make a bow, he did, an' 'low, 'You tol' me not ter look at you, an' ef I ain't ter look at you, I des ez well ter keep my eyes shot.' De gal she giggle an' say Brer Rabbit ought n't ter make fun er her right befo' her face an' eyes. She ax what her pap sont 'im fer, an' he 'low dat Mr. Man sont 'im for a dollar an' a half, an' some bread an' butter. Miss Nancy say she don't b'lieve 'im, an' wid dat she run down todes de fiel' whar her pa wuz workin' an' holler at 'im — 'Pap! Oh, pap!' Mr. Man make answer, 'Hey?' an' de gal say, 'Is you say what Brer Rabbit say you say?' Mr. Man he holler back dat dat 's des what he say, an' Miss Nancy she run back ter der house, an' gi' Brer Rabbit a dollar an' a half an' some bread an' butter.

"Time passed, an' eve'y once in a while Brer Rabbit'd go ter de house endurin' de day, an' tell Miss Nancy dat her daddy say fer ter gi' 'im money an' some bread an' butter. An' de gal, she 'd go part er de way ter whar Mr. Man is workin', an' holler an' ax ef he sesso, an' Mr. Man 'd holler back, 'Yes, honey, dat what I say.' It got so atter while dat dey ain't so mighty much money in de house, an' 'bout dat time, Miss Nancy, she had a beau, which he useter come ter see her eve'y Sunday, an' sometimes Sat'day, an' it got so, atter while, dat she won't skacely look at Brer Rabbit.

"Dis make 'im laugh, an' he kinder studied how he gwineter git even wid um, kaze de beau got ter flingin' his sass roun' Brer Rabbit, an' de gal, she 'd giggle, ez gals will. But Brer Rabbit des sot dar, he did, an' chaw his terbacker, an' spit in de fier. But one day Mr. Man hear 'im talkin' ter hisse'f whiles deyer workin' in de

same fiel', and he ax Brer Rabbit what he
say. Brer Rabbit 'low dat he des tryin' fer
ter l'arn a speech what he hear a little bird
say, an' wid dat he went on diggin' in de
groun' des like he don't keer whedder anything
happen er not. But dis don't satchify Mr. Man,
an' he ax Brer Rabbit what de speech is. Brer
Rabbit 'low dat de way de little bird say it dey
ain't no sense ter it fur ez he kin see. But Mr. Man
keep on axin' 'im what 'tis, an' bimeby he up an'
'low, 'De beau kiss de gal an' call her honey; den
he kiss her ag'in, an' she gi' im de money.'

"Mr. Man say, 'Which money?' Brer Rabbit
'low, 'Youer too much fer me. Dey tells me dat
money's money, no matter whar you git it, er
how you git it. Ef de little bird wa'n't singin' a
song, den I'm mighty much mistooken.' But dis
don' make Mr. Man feel no better dan what he
been feelin'. He went on workin', but all de
time de speech dat de little bird made wuz run-
nin' in his min':

"De beau kiss de gal, an' call her honey;
  Den he kiss her ag'in, an' she gi' 'im de money."

"He keep on sayin' it over in his min', an' de mo' he say it de mo' it worry him. Dat night when he went home, de beau wuz dar, an' he wuz mo' gayly dan ever. He flung sass at Brer Rabbit, an Brer Rabbit des sot dar an' chaw his terbacker, an' spit in de fier. Den Mr. Man went ter de place whar he keep his money, an' he fin' it mos' all gone. He come back, he did, an' he say, 'Whar my money?' De gal, she ain't wanter have no words 'fo' her beau, an' 'spon', 'You know whar 'tis des ez well ez I does,' an' de man say, 'I speck youer right 'bout dat, an' sence I does, I want you ter pack up an' git right out ter dis house an' take yo' beau wid you.' An' so dar 'twuz.

"De gal, she cry some, but de beau muched her up, an' dey went off an' got married, an' Mr. Man tuck all his things an' move off somers, I dunner whar, an' dey wa' n't nobody lef' in dem neighberhoods but me an' Brer Rabbit."

"You and Brother Rabbit?" cried the little boy.

"Dat's what I said," replied Uncle Remus.
"Me an' Brer Rabbit. De gal, she tol' her chillun
'bout how Brer Rabbit had done her an' her pa,
an' fum dat time on, deyer been persooin' on
atter him."

XVI

THE HARD-HEADED WOMAN

UNCLE REMUS had observed a disposition on the part of the little boy to experiment somewhat with his elders. The child had come down to the plantation from the city such a model youngster that those who took an interest in his behavior, and who were themselves living the free and easy life possible only in the country places, were inclined to believe that he had been unduly repressed. This was particularly the case with the little fellow's grandmother, who was aided and abetted by Uncle Remus himself, with the result that the youngster was allowed liberties he had never had before. The child, as might be supposed, was quick to take advantage of such a situation, and was all the time trying to see how far he could go before the limits of his privileges —

new and inviting so far as he was concerned — would be reached. They stretched very much farther on the plantation than they would have done in the city, as was natural and proper, but the child, with that adventurous spirit common to boys, was inclined to push them still farther than they had ever yet gone; and he soon lost the most obvious characteristics of a model lad.

Little by little he had pushed his liberties, the mother hesitating to bring him to task for fear of offending the grandmother, whose guest she was, and the grandmother not daring to interfere, for the reason that it was at her suggestion, implied rather than direct, that the mother had relaxed her somewhat rigid discipline. It was natural, under the circumstances, that the little fellow should become somewhat wilful and obstinate, and he bade fair to develop that spirit of disobedience that will make the brightest child ugly and discontented.

Uncle Remus, as has been said, observed all these symptoms, and while he had been the first to deplore the system that seemed to take all the individuality out of the little fellow, he soon became painfully aware that something would have to be done to renew the discipline that had been so efficacious when the mother was where she felt free to exercise her whole influence.

"You ain't sick, is you, honey?" the old man inquired one day in an insinuating tone. "Kaze ef you is, you better run back ter de house an' let de white folks dose you up. Yo' mammy knows des 'zackly de kinder physic you need, an' how much, an' ef I ain't mighty much mistooken, 't won't be so mighty long 'fo' she 'll take you in han'." The child looked up quickly to see whether Uncle Remus was in earnest, but he could find nothing in that solemn countenance that at all resembled playfulness. "You may be well," the old man went on, "but dey's one thing certain an' sho' — you don't look like you did when you come ter we-all's house, an' you don't do like you done. You may look at me ef you wanter, but I'm a-tellin' you de fatal trufe, kaze you ain't no mo' de same chil' what useter 'ten' ter his own business

"*De gal, she cry some, but dey went off an' got married*"

all day an' night — you ain't no mo' de same chil'
dan I'm dat ol' hen out dar. I 'low'd I mought be
mistooken, but I hear yo' granny an' yo' mammy
talkin' t'er night atter you done gone ter bed, an'
de talk dat dey talked sho' did open my eyes,
kaze I never spected fer ter hear talk like dat."

For a long time the little boy said nothing, but
finally he inquired what Uncle Remus had
heard. "I ain't no eavesdrapper," the old man re-
plied, "but I hear 'nough fer ter last me whiles
you stay wid us. I dunner how long dat 'll be, but
I don't speck it 'll be long. Now des look at you!
Dar you is fumblin' wid my shoe knife, an' mos'
'fo' you know it one een' er yo' finger will be
down dar on de flo', an' you 'll be a-squallin' like
somebody done killt you. Put it right back whar
you got it fum. Why n't you put it down when I
ax you? — an' don't scatter my pegs! Put down
dat awl! You 'll stob yo'se'f right in de vitals, an'
den Miss Sally will blame me. Laws-a-massy!
take yo' han' outer dat peg box! You 'll git um all
over de flo', an' dey 'll drap thoo de cracks. I be
boun' ef I take my foot in my han', an' go up yan'

an' tell yo' mammy how good you is, she 'll make
you take off yo' cloze an' go ter bed — dat's des
'zackly what she 'll do. An' dar you is foolin' wid
my fillin's! — an', bless gracious, ef you ain't set-
tin' right flat-footed on my shoemaker's wax, an'
it right saft! I'll hatter ax yo' mammy ter please'm
not let you come down here no mo' twel de day
you start home!"

"I think you are very cross," complained the
child. "I never heard you talk that way before.
And grandmother is getting so she is n't as nice as
she used to be."

"Ah-yi!" exclaimed Uncle Remus in a tri-
umphant tone. "I know'd it! you done got so dat
you won't do a blessed thing dat anybody ax you
ter do. You done got a new name, an' 'tain't so
new but what I can put bofe han's behime one,
an' shet my eyes an' call it out. Eve'ybody on de
place know what 'tis, an' I hear de ol' red rooster
callin' it out de yuther day when you wuz chunk-
in' at 'im." At once the little boy manifested
interest in what the old negro was saying, and
when he looked up, curiosity shone in his eyes.

"What did the rooster say my name is, Uncle Remus?"

"Why, when you wuz atter him, he flew'd up on de lot fence, an' he 'low, 'Mr. Hardhead! Mr. Hardhead!' an' dat sho' is yo' name. You kin squirm, an' frown, an' twis', but dat rooster is sho' got yo' name down fine. Ef he 'd 'a' des named you once, maybe folks would 'a' fergot it off'n der min', but he call de name twice des ez plain ez he kin speak, an' dar you sets wid Mr. Hardhead writ on you des ez plain ez ef de rooster had a put it on you wid a paint-brush. You can't rub it off an' you can't walk roun' it."

"But what must I do, Uncle Remus?"

"Des set still a minnit, an' try ter be good. It may th'ow you in a high fever fer ter keep yo' han's outer my things, er it may gi' you a agur fer ter be like you useter be, but it 'll pay you in de long run; it mos' sholy will."

"Well, if you want me to be quiet," said the child, "you 'll have to tell me a tale."

"Ef you sit still too long, honey, I 'm afeard de creeturs on de plantation will git de idee dat

sump'n done happen. Dar 's de ol' sow — you
ain't run her roun' de place in de last ten minnits
er sech a matter; an' dar's de calf, an' de chick-
ens, an' de Guinny hens, an' de ol' gray gooses —
dey 'll git de idee dat you done broke yo' leg er
yo' arm; an' dey 'll be fixin' up fer ter have a
frolic if dey miss you fer longer dan fifteen min-
nits an' a half. How you gwineter have any fun ef
you set an' lissen ter a tale stidder chunkin' an'
runnin' de creeturs? I mos' know you er ailin' an'
by good rights de doctor oughter come an' look
at you."

The little boy laughed uneasily. He was not the
first that had been sobered by the irony of Uncle
Remus, which, crude though it was, was much
more effective than downright quarreling. "Yas-
ser!" Uncle Remus repeated, "de doctor oughter
come an' look at you — an' when I say doctor, I
mean doctor, an' not one er deze yer kin' what
goes roun' wid a whole passel er pills what ain't
bigger dan a gnat's heart. What you want is a
great big double-j'inted doctor wid a big black
beard an' specks on, what 'll fill you full er de

rankest kin' er physic. Ez you look now, you put me in min' er de 'oman an' de dinner-pot; dey ain't no two ways 'bout dat."

"If it is a tale, please tell it, Uncle Remus," said the little boy.

"Oh, it sho is a tale all right!" exclaimed the old man, "but you ain't no mo' got time fer ter hear it dan de birds in de tree. You 'd hatter set still an' lissen, an' dat 'ud put you out a whole lot, kaze dar 's de chickens ter be chunked, an' de pigs ter be crippled an' a whole lot er yuther things fer ter be did, an' dey ain't nobody else in de roun' worl' dat kin do it ez good ez you kin. Well, you kin git up an' mosey long ef you want-er, but I'm gwineter tell dish yer tale ef I hatter r'ar my head back an' shet my eyeballs an' tell it ter myse'f fer ter see ef I done fergit it off'n my min'.

"Well, once 'pon a time — it mought 'a' been in de year One fer all I know — dey wuz a 'oman dat live in a little cabin in de woods not so mighty fur fum water. Now, dis 'oman an' dis cabin mought 'a' been 'n de Nunited State er Georgy,

er dey mought 'a' been in de Nunited State er
Yallerbammer — you kin put um whar you
please des like I does. But at one place er de
yuther, an' at one time er nuther, dis 'oman live
dar des like I 'm a-tellin' you. She live dar, she
did, an' fus' an' las' dey wuz a mighty heap er
talk about her. Some say she wuz black, some
say she wuz mighty nigh white, an' some say she
wa' n't ez black ez she mought be; but dem what
know'd, dey say she wuz nine parts Injun an' one
part human, an' I speck dat 's des ez close ter
trufe ez we kin git in dis kinder wedder ef we
gwineter keep cool.

"Fum all I kin hear — an' I been keepin' bofe
years wide open, she wuz a monstus busy 'oman,
kaze it wuz de talk 'mongst de neighbors dat she
done a heap er things what she ain't got no busi-
ness ter do. She had a mighty bad temper, an'
her tongue wuz a-runnin' fum mornin' twel
night. Folks say dat 'twuz long an' loud an'
mighty well hung. Dey lissen an' shake der head,
an' atter while word went roun' dat de 'oman
done killt her daughter. Ez ter dat, I ain't never

is hear de rights un it; she mought, an' den ag'in she mought n't — dey ain't no tellin' — but dey wuz one thing certain an' sho' she done so quare, dat folks say she cut up des like a Friday-born fool.

"Her ol' man, he done de best dat he could. He went 'long an' ten' ter his own business, an' when her tongue 'gun ter clack, he sot down an' made fish-baskets, an' ax-helves. But dat ain't make no diffunce ter de 'oman, kaze she wuz one deze yer kin' what could quoil all day whedder dey wuz anybody fer ter quoil at er not. She quoiled an' she quoiled. De man, he ain't say nothin' but dis des make her quoil de mo'. He split up kin'lin' an' chopped up wood, an' still she quoil'; he fotch home meal an' he fotch home meat, but still she quoil'. An' she 'fuse fer ter cook what he want her to cook; she wuz hard-headed des like you, an' she 'd have her own way ef she died fer it.

"Ef de man, he say, 'Please 'm cook me some grits,' she 'd whirl in an' bile greens; ef he ax fer fried meat, she 'd bake him a hoe-cake er corn bread. Ef he want roas' tater she 'd bile him a mess er beans, an' all de time, she 'd be givin' 'im de wuss kinder sass. Oh, she wuz a honey! An' when it come ter low-down meanness, she wuz rank an' ripe. She 'd take de sparrer-grass what he fotch, an' kindle de fire wid it. She 'd burn de spar'-ribs an' scorch de tripe, an' she 'd do eve'y kinder way but de right way, an' dat she would n't do, not ter save yo' life.

"Well, dis went on an' went on, an' de man ain't make no complaints; he des watch an' wait an' pray. But atter so long a time, he see dat dat ain't gwine ter do no good, an' he tuck an' change his plans. He spit in de ashes, he did, an' he make a cross-mark, an' turn roun' twice so he kin face de sunrise. Den he shuck a gourd-vine flower over de pot, an' sump'n tol' 'im fer ter take his res' an' wait twel de moon come up. All dis time de 'oman, she wuz a quoilin', but bimeby, she went on 'bout her business, an' de man had some peace; but not fer long. He ain't no more dan had time fer ter put some thunderwood buds an' some calamus-root in de pot, dan here she come, an'

"Den he shuck a gourd-vine flower over de pot"

she come a-quoilin'. She come in she did, an' she slam things roun' des like you slams de gate.

"Atter kickin' up a rippet, an' makin' de place hot ez she kin, de 'oman made a big fire un' de pot, an' flew'd roun' dar des like she tryin' fer ter cook a sho' 'nough supper. She made some dumplin's an' flung um in de pot; den she put in some peas an' big pods er red pepper, an' on top er all she flung a sheep's head. De man, he sot dar, an' look straight at de cross-mark what he done made in de ashes. Atterwhile, he 'gun to smell de calamus-root a-cookin' an' he know'd by dat, dat sump'n wuz gwineter happen.

"De pot, it biled, an' biled, an' fus' news you know, de sheep's head 'gun ter butt de dumplin's out, an' de peas, dey flew'd out an' rattled on de flo' like a bag er bullets done busted. De 'oman, she run fer ter see what de matter is, an' when she got close ter de pot de steam fum de thunderwood hit her in de face an' eyes an' come mighty nigh takin' her breff away. Dis kinder stumped 'er fer a minnit, but she had a temper big 'nough fer ter drag a bull down, an' all she had ter do when she

lose her breff wuz ter fling her han's in de a'r an'
fetch a snort, an' dar she wuz.

"She moughter been mad befo', but dis time
she wuz mighty nigh plum' crazy. She look at de
pot, an' she look at her ol' man; she shot her eye-
balls an' clinched her han's; she yerked off her
head-hankcher, an' pulled her ha'r loose fum de
wroppin'-strings; she stomped her foot, an'
smashed her toofies tergedder.

"She railed at de pot; she 'low, 'What ail you,
you black Dickunce? I b'lieve youer de own brer
ter de Ol' Boy! You been foolin' wid me fer de
longest, an' I ain't gwine ter put up wid it! I'm
gwineter tame you down!' Wid dat, she flung off
de homespun sack what she been w'arin' an' run
outer de house an' got de ax.

"Her ol' man say, 'Whar you gwine, honey?'
She 'low, 'I'm a gwine whar I'm a gwine, dat's
whar I'm a gwine!' De man, he ain't spon' ter dat
kinder talk, an' de 'oman, she went out in back
yard fer ter hunt fer de ax. Look like she gwineter
keep on gittin' in trouble, kaze de ax wuz on top
er de wood what de man done pile up out dar.

It wuz layin' up dar, de ax wuz, des ez slan-
chendicklar ez you please, but time it see her
comin' —— "

"But, Uncle Remus!" the child exclaimed,
"how could the ax see her?"

The old negro looked at the little boy with an
expression of amazed pity on his face. He looked
all around the room and then raised his eyes to
the rafters, where a long cobweb was swaying
slowly in a breeze so light that nothing else
would respond to its invitation. Then he sighed
and closed his eyes. "I wish yo' pa wuz here right
now, I mos' sholy does — yo' pa, what useter set
right whar youer settin'! You done been raised in
town whar dey can't tell a ax fum a wheelbarrer.
Ax ain't got no eye! Well, whoever is hear de
beat er dat! Ef anybody else is got dat idee, I'll
be much erbleege ef you 'll show um ter me. Here
you is mighty nigh big 'nough fer eat raw tater
widout havin' de doctor called in, an' a-settin' dar
sayin' dat axes ain't got no eyes. Well, you ax yo'
gran'ma when you go back ter de house an' see
what she say.

"Now, le' me see; wharbouts wuz I at? Oh, yes! De ax wuz on top er woodpile, an' when it seed de 'oman comin', it des turned loose an' slip down on de yuther side. It wa'n't tryin' fer ter show off, like I've seed some folks 'fo' now; it des turned loose eve'ything an' fell down on de yuther side er de woodpile. An' whiles de 'oman wuz gwin roun' atter it, de ax, it clum back on top er de woodpile an' fell off on t'er side. Dem what handed de tale down ter me ain't say how long de 'oman an' de ax keep dis up, but ef a ax is got eyes, it ain't got but one leg, an' it must not 'a' been so mighty long 'fo' de 'oman cotch up wid it — an' when she did she wuz so mad dat she could 'a' bit a railroad track in two, ef dey 'd 'a' been one anywhar's roun' dar.

"Well, she got de ax, an' it look like she wuz madder dan ever. De man, he say, 'Better let de pot 'lone, honey; ef you don't you 'll sholy wish you hadder.' De 'oman, she squall out, 'I'll let you 'lone ef you fool wid me, an' ef I do you won't never pester nobody no mo'.' Man, he say,

"De ax, it clum back on top er de woodpile an' fell off on der side"

'I 'm a-tellin' you de trufe, honey, an' dis may be de las' chance you 'll git ter hear it.'

"De 'oman raise de ax like she gwineter hit de man, an' den it look like she tuck a n'er notion, an' she start todes de pot. De man, he 'low, 'You better hear me, honey! You better drap de ax an' go out doors an' cool yo'se'f off, honey!' It seem like he wuz a mighty saf'-spoken man, wid nice feelin's fer all. De 'oman, she say, 'Don't you dast ter honey me — ef you does I 'll brain you stidder de pot!' De man smole a long smile an' shuck his head; he say, 'All de same, honey, you better pay 'tention ter deze las' words I'm a-tellin' you!'

"But de 'oman, she des keep right on. She'd 'a' gone faster dan what she did, but it look like de ax got heavier eve'y step she tuck · · heavier an' heavier. An' it look like de house got bigger — bigger an' bigger; an' it seem like de do' got wider — wider an' wider! She moughter seed all dis, an' I speck she did, but she des keep right on, shakin' de ax, an' moufin' ter herse'f. De man, he holler once mo' an' fer de las' time, 'Don't let

ol' Nick fool you, honey, ef you does, he sho will
git you!'

"But she keep on an' keep on, an' de house got
bigger an' de do' got wider. De pot see her com-
in', an' it got fum a-straddle er de fire, whar it had
been settin' at, an' skipped out' de do' an' out in
de yard." Uncle Remus paused to see what ef-
fect this statement would have on the child, but
save the shadow of a smile hovering around his
mouth, the youngster gave no indication of unbe-
lief. "De 'oman," said Uncle Remus, with a
chuckle that was repressed before it developed
into a laugh, "look like she 'stonish', but her
temper kep' hot, an' she run out atter de pot wid
de ax ez high ez she kin hol' it; but de pot keep
on gwine, skippin' long on three legs faster dan
de 'oman kin run on two; an' de ax kep' on git-
tin' heavier an' heavier, twel, bimeby, de 'oman
hatter drap it. Den she lit out atter de pot like she
wuz runnin' a foot-race, but fast ez she run, de
pot run faster.

"De chase led right inter de woods an' down
de spring branch, an' away over yander beyan' de

creek. De pot went so fast an' it went so fur dat atter while de 'oman 'gun ter git weak. But de temper she had helt 'er up fer de longest, an' mo' dan dat, eve'y time she 'd sorter slack up, de pot would dance an' caper roun' on its three legs, an' do like it 's givin' her a dar' — an' she keep a-gwine twel she can't hardly go no furder.

"De man he stayed at de house, but de 'oman an' de pot ain't git so fur but what he kin hear um scufflin' an scramblin' roun' in de bushes, an' he set dar, he did, an' look like he right sorry fer anybody what 's ez hard-headed ez de 'oman. But she look like she bleeze ter ketch dat pot. She say ter herse'f dat folks will never git done talkin' 'bout her ef she let herse'f be outdone by a ol' dinner-pot what been in de fambly yever sence dey been any fambly.

"So she keep on, twel she tripped up on a vine er de bamboo brier, an' down she come! It seem like de pot seed her, an' stidder runnin' fum 'er, here it come a-runnin' right at 'er wid a chunk er red fire. Oh, you kin laugh, honey, an' look like you don't b'lieve me, but dat ain't make no diffunce, kaze de trufe ain't never been hurted yit by dem what ain't b'lieve it. I dunner whar de chunk er fire come fum, an' I dunner how de dinner-pot come ter have motion, but dar 'tis in de tale — take it er leave it, des ez you bleeze.

"Well, suh, when de 'oman fell, de pot made at her wid a chunk er red fire. De 'oman see it comin', an' she set up a squall dat moughter been heard a mile. She jump up, she did, but it seem like she wuz so weak an' tired dat she can't stan' on her foots, an' she start fer ter fall ag'in, but de dinner-pot wuz dar fer ter ketch 'er when she fell. An' dat wuz de last dat anybody yever is see er de hard-headed 'oman. Leas' ways, she ain't never come back ter de house whar de man wuz settin' at.

"De pot? Well, de way dey got it in de tale is dat de pot des laugh twel it hatter hol' its sides fer ter keep fum crackin' open. It come a-hoppin' an' a-skippin' up de spring paff. It hopped along, it did, twel it come ter de house, an' it made a runnin' jump in de do'. Den it wash its face, an' scrape de mud off'n it foots, an' wiped off de grease what de 'oman been too lazy fer ter clean off. Den it went ter de fireplace, an' kinder spraddle out so it'll fit de bricks what been put dar fer it ter set on.

"De man watch all dis, but he ain't say nothin'. Atter while he hear a mighty bilin' an' bubblin' an' when he went ter look fer ter see what de matter, he see his supper cookin' an' atter so long a time, he fish it out an' eat it. He eat in peace, an' atter dat he allers had peace. An' when you wanter be hard-headed, an' have yo' own way, you better b'ar in min' de 'oman an' de dinner-pot."

THE END

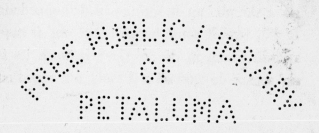